ネムれる園の少女たち
-BINDED DESIRE-
著 朔すもも
画 野々原幹
原作 かえるそふと
JN105187

椚《くぬぎ》 忍《し》乃《の》
主人公・孝史の幼なじみ。
才色兼備で文武両道の
超優等生だが、昔は気
弱な女の子だった。
ネム
淫魔とエッチしたいと願
った孝史により呼び出さ
れた少女…だが、無邪気
で能天気でつるぺた。
赤《あか》崎《さき》
瑠《る》珠《み》
忍乃の親友を自認
し、いつも一緒に
行動しようとする、
明るいが少々ガサ
ツな元気娘。

ナナリー
なぜか孝史の魔導書を読解できる、清楚で優しいがお色気も感じられる学園の英語教師。
七里《ななさと》 孝史《たかし》
コミュ障で非モテで陰キャな、ぼんくら男子学生。オナニーとエロいことが大好き。

プロローグ　七里の末裔へ

ひい祖父ちゃんは俺が物心つく前に死んでしまった。どんな人だったかの記憶はまったくない。だけど、写真を見る限り、俺は結構ひい祖父ちゃんに似ているらしい。

つまりはすげぇ陰キャ丸出しの顔っていうか。もう世の中のことなんかコレっぽっちも信じてないって表情で写ってたので、正直両親よりも親近感を抱いている。

そう……この世の中はクソだ。正確には俺の人生がクソなんだけど。ひい祖父ちゃんも俺と同じだったんだろう。だって、子孫にこんなものを遺したんだから……。


『淫魔導書』


それはひい祖父ちゃんの遺品が収められた物置にあった。

いわゆる蒐集家というか、よくわからんものを溜めこむ人だったみたいで、家の物置がまるまるひとつ遺品置き場に宛がわれている。そんな場所に押しこんだのが誰なのかは聞いていないが、あまり大切にされる類いの品揃えじゃなかったってことだろう。そういう部分にも惹かれたのかもしれない。

表紙をめくると「七里《ななさと》の末裔へ」と宛てて、これは淫魔を召喚する手引きであると書き添えられていた。なんなのか気になってページをめくったけど、中身はよくわからん言語で書かれていて最初は意味不明だった。それだけだったら秒で放りだしていただろう。

だけど――。

「これ、俺もやりてぇ……。ていうか、ご先祖の記録を読んで何度もシコったなんて、墓場まで抱えてくレベルの恥だろうな」

その本の余白には、日本語でところ狭しと淫魔と過ごした日々、というか淫魔に施したらしい調教の数々が赤裸々に書き連ねられていた。その内容から、淫魔というのがおそらく現代でイメージされるサキュバスとほとんど同じものだと見当がついた。

正直、読むだけで勃起するレベルの内容で、ひい祖父ちゃん実は官能作家説が俺の中で爆誕しそうになったほど、その筆致はいやらしさに満ち満ちていた。果たして嘘か本当かわからないが、その記録は『おまえもこんな日々を欲するならこの本を読み解いてみろ』と挑発しているかのようだった。

もしひい祖父ちゃんが、こんな得体の知れないものを手に取る物好きな子孫に特別な秘密を残してくれたなら、人生を諦める前の悪あがきに試してみるのもいいと思った。

◆

「あぁ、くそ!!」

放課後、学校の空き教室に籠って魔導書の解読を進めていた。だけどどうしても解読できない部分があって、苛立ちとともに机ごと遠ざけた。誰も使っていない空き教室だ。だから机を足蹴にしようと、ドカリと足を乗せてふんぞり返ろうと、迷惑をかけることはない。

同じところをグルグル考えすぎてもうダメだ。いったんオナニーでもして落ち着くか。

そう思って、股間に手を伸ばしかける。

「こら、七里孝史《たかし》くん。机に足を乗せてはダメですよ？」

「おわっ⁉」

いつの間にか背後にナナリー先生がいた。ドア閉めてたと思ったのに、気づかないほど集中してたのか？

「な、ナナリー先生、いつからいたんですか？」

ナナリー先生は清楚で優しいと評判の英語教師だ。俺が唯一好きな先生でもある。はじめて先生の授業を受けたとき、俺の七里という苗字に「読み方を変えれば『ななり』で同じだね」と反応してくれた。先生にとっては他愛のないコミュニケーションのひとつだっただろう。だけど、俺はそれ以来先生のことを好意的に見ている。

誰も彼もがこの人を清楚というけど、俺から見たら存在がそこはかとなくエロい。そんなことを公言したら、あらゆる方向から『キモすぎ死ね』って言われて学校生活終了だろうけど、誰がなんと言おうとナナリー先生は俺の中でエロい。何度もオナニーのオカズにした。ていうか今もしようとしてた。

「七里君が席に着いたときにはもういたんだけど、全然気づいてくれなくて」

「お、おお……なんでまたここに？」

「ここの使用許可を出しているのは私だから、掃除や換気をしないとね」

「あ、先生がしてたんですか、掃除。すみません……」

ヤバイ……俺がオナったあと先生が掃除してるのか。痕跡……なかったよな？

「ゴミとか残ってなかったですか？」

「まぁ、掃除よりもニオイね」

「え、それって……」

正直、ここで何回射精したかわからん。ザーメンくさいとか、あったかも。

「ふふ……懐かしいニオイがね」

な、懐かしい？　精臭が？　先生ご無沙汰なのか、なんてゲスいことを考えてしまってから、さすがにその可能性は捨てた。古い教室の持つ空気感ってヤツだろう。

いや、でも先生が微笑むとやっぱエロい……。

俺のニオイで先生が興奮してる姿……見てみたいけど。

「でも、おかげで七里君ががんばっているところを見られたわ」

「褒めてもらえるようなことじゃないですよ。今俺がしてるの、学校の勉強とはまったく関係ないですし」

「そんなことない。なんであれ、わからないことを自分で追究したいと思うのは素晴らしいことですもの。それが語学の勉強なら、英語教師としてなおさら嬉しい」

「語学っていうか、暗号？　ですね、ほとんど」

ナナリー先生はほかの先生たちより生徒に親身で優しい。こんな陰キャな俺のすることすら、真剣に応援してくれる。だからなのか。俺もナナリー先生には、ほかの人には話さないようなことも相談してしまう。

「ふぅん……暗号で書かれているなんて不思議な本ね。先生でも読めるかな」

ナナリー先生は本を手にとると、付箋をつけた場所に視線を落とした。

いくらナナリー先生が英語の先生でも、こんなのわかるわけない。そう思った。

が――。

「『召喚には処女の生き血を供物として捧げることが必要』……え、これって……」

驚いた先生がポッと頬を染めて口もとを押さえた。

「先生、この本が読めるんですか？」

俺が一ヶ月かかっても読めなかったとこを、こんなすらすらと読めるものなのか。

「え、ええ……私、色々な言語を学んだから、その中のひとつにこれもあったのかな？」

マジか。俺、何語かすらもわかんなかったのに。マルチリンガルってレベルじゃねぇ。

「じゃ、じゃあ先生、お願いがあります！」

「あの、七里君……。そんなにくっついたら、先生恥ずかしい」

「え⁉　あ、す、すみません」

やべぇ、興奮しすぎて、ほとんど先生に密着してた……。い、いい匂いがする。事故を装って抱きついてみたい……！　今日の俺、あり得んほどツイてるぞ。

「あの……七里君、この本は先生が預かります」

ナナリー先生の言葉に、俺の浮かれた気持ちが一瞬で消えた。

「ちょ、ちょっと待ってください。なんで、急にそんなことを？」

「うっかり読んでしまったけど、書いてあることがずいぶん、その……物騒じゃない？　物語には思えない書き方だし。危険なものじゃないか、預かって確認しないと」

処女の生き血がアウトだったか……！　そりゃそうだろうけど、一行読んだだけで、そんな危機感持つもんなのか？　学生たちが変なことしないよう、危機管理に全力を注いでいる!?　あの調子で読まれたら、中身即バレ回避不能……ど、どうする!?

「問題なければちゃんと返すから安心して」

ナナリー先生に悪意はまったく感じられない。教え子のことを心配して言ってくれているんだ。俺なんかにこんなふうに接してくれる、たぶん唯一の人だけど……でも、この本を渡すわけにはいかない。ずっと謎だった儀式に必要なものはわかったが、召喚魔方陣は本がないと再現できないじゃないか。ここまできて俺のサキュバスとのエロエロライフ（予定）を潰えさせるわけにはいかない！

「……ひい祖父ちゃんの形見なんです」

「えっ」

「俺、ご先祖の中でひい祖父ちゃんのこと一番尊敬してて」

「そう、なの？　ひいお祖父さまのことなんて、普通知らないと思うけど」

「生まれた頃にはもう死んでたから直接は知らないです。でも、写真とか、どんな生き方をしたかとか……そういうのは知ってるんで」

どんなエロいことをサキュバスにさせたかしか知らないけど。充分、尊敬に値する。

「……!!」

どういうわけか、先生はおなかを押さえた。え、なんで頬染めてんの？　エロ……。

「それは、ひいお祖父さまも嬉しいでしょうね」

「で、でしょう!?　この本、一族以外に渡してはいけないらしいんです」

七里の末裔へって書いてあったもんな。それでいいよな？　ひい祖父ちゃん。

「だから、悪いけど先生には渡せません」

「一族の決まりごとなのね」

「そ、そういう感じです」

「わかった……そういうことなら、仕方ありません。でも、いつか一緒にでいいから、その本を見せてもらえると嬉しいな。あ、それと危ないことはしないと約束してくれる？」

「はい、それはもちろん！」

サキュバスとエロいことをするのは危ないことではない。生き血問題をどうにか穏当にクリアできれば先生との約束は守れるはずだ。そもそも俺に人を襲って生き血を奪うなんて芸当できっこないし。

「うるさく感じるかもしれないけど、危ないと思ったら先生は口を出しますからね」

「先生に心配してもらえるなんて、俺、幸せものですね」

「……調子いいんだから。同級生のみんなにもそうやって接すればいいのに」

「それは無理ですね……。あ、ええと……じゃあ、すみません、俺はこれで」

「ええ、気をつけてね七里君」

歩きながらハッと気づいた。うっかりオーケーしちゃったけど、よく考えたら先生と一緒にこれを読むってことはひい祖父ちゃんのプレイの数々を先生と一緒に想像するってことじゃないか？　もしかして実際にしてみる？　みたいな……ヤバイ。チンポ勃つ……。

◆

数日後、授業が終わると同時に教室から出た。

新月である今日。サキュバスを召喚するなら、今日しかない。

ナナリー先生に本の内容を危ぶまれてしまった以上、先生が積極的阻止に転じないとも限らない。儀式は新月の日と指定されている。このチャンスを逃すわけにはいかない。

「けど、生き血なんて、どうやって手に入れる？」

『輸血をわけてもらう』とか？　いや、くださいって言ってくれるわけがないだろ。

『怪我した女子を介抱する』。そんな出来事、そうそう起きるか。

供物のことで頭がいっぱいになっていたせいか。曲がり角から人が近づいていることに俺は気づかなかった。

「きゃ」
「うおっ!?」

危なかった。踏みとどまったおかげで、ぶつからなかった。人との接触を回避するスキルだけは異様に高い俺だ。そんなものが身につくような人生を送ってきた。

「悪い」
「ううん、大丈夫だよ。七里くん」

ぶつかりそうになったのは椚忍乃《くぬぎしの》だ。そして椚を庇うように一緒にいた赤崎《あかさき》が割って入った。ふたりとも同じクラスだけど、仲がいいわけじゃない。というかこの学校に仲がいいヤツなど俺にはいない。

椚のことは昔から知っている。家がめっちゃ近くて、幼稚園からずっと同じ学校。世間一般では幼なじみと言うのかもしれないが、正確さを期すならば『幼なじみ今疎遠』と表現すべきだろう。

赤崎瑠珠《るみ》のほうは、まぁどうでもいい。いつも椚のそばにいる、番犬みたいなヤツだ。

「ちょっと、しちりん！　ヌボーッと歩かないでくれる!?」

これである。自分たちもおしゃべりで前方不注意だったろうに、こちらが悪いと決めつける。しかも誰彼構わず根拠薄弱なあだ名をつける。『しちりん』なんて呼び方、俺は一度も認めていない。拒絶の意思は明確に示しておかなければ。

「しちりん言うな。今のはぶつかってなかった。そうだよな、椚？」

「うん。七里くんが咄嗟にとまってくれたから大丈夫だよ」

当事者同士で問題ないという合意があるのだから、おまえは黙ってろと目で告げたが、どうやら赤崎は不服みたいだ。『椚の一番の親友』を自認する赤崎にとって、どうも俺は胡乱な存在らしい。意味がわからん。おまえが突っかかってこなけりゃ関わらねぇよ。

だって俺は……とっくにそこから降りたんだから。

小さい頃、椚は気弱ですぐ泣いて俺を頼っていたけど、中学にあがってからは家の方針で勉学に勤しみ責任ある立場も務め、以来今に至るまで優等生街道を歩み続けている。その過程で俺とは距離を置くようになり、呼び方も他人行儀になった
もしかしたらその呼ばれ方がイヤで、俺のほうからも距離をとったのかもしれない。

『七里くん』と言われると、この人と自分は無関係だからってまわりに伝えようとしてるみたいに感じるから。俺もこいつを名前で呼ばなくなった。

「どうせ、しちりんのことだから、キモイこと考えていてボーッとしてたんでしょ？　しのんに怪我がなかったからいいけど、気をつけてよね」

「瑠珠、私も不注意だったから、そんなに怒らないで」

「しのんがそう言うならいいけど～。幼なじみだからって、しちりんに甘すぎない？」

「そうじゃないけど……」

ちらりと、椚は一瞬、俺のほうを見る。

「それより、早く帰ろう。ね？」

「それもそっか。こんなとこで、時間潰したらもったいないもんね！」

あーそうかそうか。そうでしょうね。俺のそばにいたくないってことね。

「じゃあ、私、行くね。急いでたのにごめんね、七里くん」

「べつに気にしてねーし」

一瞬、椚が傷ついた顔をした気がしたが、早くこの場を離れたそうにしたのはおまえのほうじゃないか。ふたりは昇降口へ向かうんだろう。空き教室を目指す俺とは逆方向だ。

すれ違うために一歩、椚のほうへ足を踏みだしたとき、ツンと独特な匂いが鼻をついた。

この匂い。ああ——。

「生理か」

「えっ……」

うっかり呟いてしまったのが椚には聞こえたみたいだ。もう俺の背後になっている赤崎には届いていない。なら大丈夫だろう。椚はいちいち事を荒立てるヤツじゃない。

そのまま、みるみる真っ赤になっていく椚の横を通り過ぎた。

こみあげてくる笑いをどうにか噛み殺す。

……あるじゃないか。

椚なら、間違いなく処女だ。

処女の生き血。そんな無理ゲーとしか思えない条件を、死傷沙汰にせずクリアする——

これこそたったひとつの方法じゃないのか？

第一章　蠢く肉

「あっ、んくっ……んん」

自分の部屋なら誰にも聞かれる心配はない。声を我慢する必要もない。

そう思いながらも、私は声を抑えた。意識していなければ、どこかで失態を演じてしまいそうな気がして怖かった。

それでも私の手は、おまんこを弄るのをやめようとはしない。

「んっ……もう、こんなになって……る……」

ぬちゅ……ぬちゃ……という音が、腰をうねらせるだけで聞こえてくる。

「ぐちょぐちょぉ……」

聞き慣れた、自分のおまんこが出す音。

ぱんつ越しでも、肉と肉、粘膜と粘膜、そして飽和状態のタンポンが、いやらしい汁と経血を持てあまして音を立てる。

「ん、んんぁ……」

「なんで、んんっ……いつもより……あっ」

熱に浮かされたときのように身体の火照りに現実感がない。

すごく熱いのに、頭がぼーっとして……苦しいのかもよくわからない、ふわふわする。なんなんだろう、これ。今までしてきたオナニーで、こんなになることはなかった。

帰り道、ずっと我慢していたせい？　それとも、あのおちんちんを見たから？

廊下でぶつかりそうになったあと、一度は帰りかけたけど、七里くんのことがどうしても気になって、瑠珠には先に帰ってもらった。

あの時間に、どうして旧校舎のほうへ行こうとしていたのか。

すれ違いざまに『生理か』と私に聞かせたことの意味……。私の反応を見たかった？

それに、トイレでの……あの気配。あれはたぶん、七里くんだと思う。本当に生理かどうか確かめに？　そうだとしたら私がタンポンを抜き取って、新しいのを入れるときの、あの声を聞かれたんだ。瑠珠はわかっていない、あの声の意味に気づかれていたら……。

確かめずにはいられなかった。

旧校舎の空き教室は居残って勉強したい生徒のためにナナリー先生の責任で貸し出していると聞いたことがあった。七里くんがその生徒なの？　そういうことになるよね。

だけど、七里くんはあそこで勉強ではなく……オナニーをしていた。喘ぎ声すら隠さない、なにかを想像しながらおちんちんを握りしめて、激しくシゴくオナニーを。

「七里くんの……すごかった。本物の勃起って、あんなふうになるんだ」

ドアの隙間から一瞬も見逃したくないと見つめ、考えるよりも先にスカートの上からおまんこを弄っていた。最後の無意識が、どうにか声だけは抑えていたみたいだけど、もしろう。

七里くん自身が喘いでいなければ、私のいやらしい息遣いは確実にバレてしまっていただ

「射精……まっすぐに飛んだ……びゅううううって……はぁ……はぁ……」

七里くんはあの教室で、当たり前のようにオナニーしている。一度や二度であんなに大胆になれるわけがない。私だったら誰か来やしないか、何度も何度もドアのほうを気にしてしまう。でも、あのオナニーは、ただひたすら快楽に達することだけを目指す、とても純粋でひたむきな行為だった。


「私も、あんなふうに……したい」

残念ながら射精の瞬間までしか見ていられなかった。足音が近づいてきて、慌てて柱の陰に隠れたから。ナナリー先生が教室へ入っていって、私は一目散に逃げだした。

もしかして、ナナリー先生は七里くんがしていることをわかっている？　勉強っていうのは隠れ蓑で、放課後いつもあそこで……ふ、ふたりってそういう関係⁉

思えばナナリー先生以外の人が旧校舎に関心を持っているのを見たことがない。ナナリー先生が責任を持つなら敢えて首を突っこまないということなのかわからないけど。少なくとも、あれだけ飛ばした精液をすぐに片づけられるとは思えない。もし先生が知らなかったとしても、今日で確実にバレてる、よね。

家に着くまでずっと……七里くんのおちんちんのことを繰り返し繰り返し記憶に刻みこんでいた。間近で見たわけではないけど、それでもナマで見たというだけで、こんなにも

興奮している自分を異常だと思う。どうかしていると思う。

射精直後の熱気すらまとっていそうな、精液滴る亀頭。もっと見ていたかったのに。

「はぁ、んんっ……あ、あぁぁ」

頭から離れてくれない。忘れなきゃいけないのに、離したくない。

「あれが……セックスできる状態の、男の人のおちんちん……七里くんの、おちんちん」

幼稚園の頃からの幼なじみの七里くん。親同士の仲がいいから、小さい頃はそれこそ一緒にいるのが当たり前だった。昔、お泊りしたとき、お風呂からあがった七里くんのおちんちんを見たことならあるけど、あのときとは全然違っていた。

「大きくて、そそり立っていて、すごくすごく……んっ」

毎日、毎日、想像していたおちんちんよりも、ずっとすごくて――いやらしい気持ちにさせられてしまう。

「ああ……七里くんの……」

頭の中で孝史の興奮した表情とおちんちんがぐるぐるまわりだす。

「おちんちん……七里くんのおちんちん……ガチガチおちんちん……あ、あ！　……あっ、あぁん！」

おまんこのぐちょぐちょで、もうぱんつも濡れてきている。きっと血も混じって汚いことになって……。

「んぁあ……!!」

おちんちんシゴきながら想像していたのは……あの言葉は……。

『ッ……なんだよ、あの声。処女の、くせに……あんなエロイ声出しやがって』

そう言ったよね？　七里くんがオカズにしていた人って、やっぱり……私だと思っていいの？　覗いてなんかいないで声をかけたら、七里くんとセックスできた？

ありえない妄想だ。だけど、七里くんのおちんちんが入ると想像しただけで、私のおまんこの疼きが激しくなる。

「お、おまんこ、私のおまんこ直接弄って……ほし……」

七里くんは幼なじみなのに……。私、七里くんをオナニーの道具にしている。

ダメ！　私の、浅ましい欲望に……七里くんを巻きこんじゃダメ……。

七里くんは……私の恋人でもなんでもないんだから。

そんな人のおちんちんを見て、興奮しているなんて、絶対におかしい。

おちんちん欲しいって、私がオナニーしているなんて、七里くんが知ったら私のことをきらいになる。

……なにより。……昔と違って七里くんは私と仲良くしたくないから。

「あ、あっ……はぁはぁ、はぁ……く、ぅんっ」

悲しい気持ちを消すようにおまんこの奥に指を深めてこすると、すぐに気持ちよさに夢中になる。

人差し指と中指で奥へ届くようにと、強く押し続けると、おまんこがもっと……もっと休むことなく必死に指を動かすけど、強く押すほど、七里くんのおちんちんを思い浮かべてしまう。

……とグチュリヌチュリと音を立てる。

早く……イきたい。そうすれば……私、七里くんのおちんちんのことを忘れられる。

おちんちんから逃げるように私は、ぱんつを下した。

すっかり敏感になったおまんこは、空気に触れただけでぶるりと震える。

「んんんっ……早く、早くっ……」

私が、本当にえっちな子になっちゃう前に終わらせなきゃ。

焦るように急いで、直接おまんこに触れた。

おまんこはすっかりトロトロになっていて、さわるだけで気持ちよかった。

「っっ……あああああっ……」

「もっと……もっと、しなきゃ……」

おまんこのぬかるみにタンポンの紐を避けて、指を挿し入れる。

「あああぁ……」

「ゆっくり……ぁ、あ……ぁっ……ふぁっ」

穴を広げるように指をグルグルまわして処女膜を撫でまわす。

時折、ちゅぽ、ちゅぽ……と指先が膜の狭まりを超えて中に入りこむ。

「あぁ……この感覚……っ……好き。んぁっ……あっ、ぁ、また、入っちゃう……んんっ！」

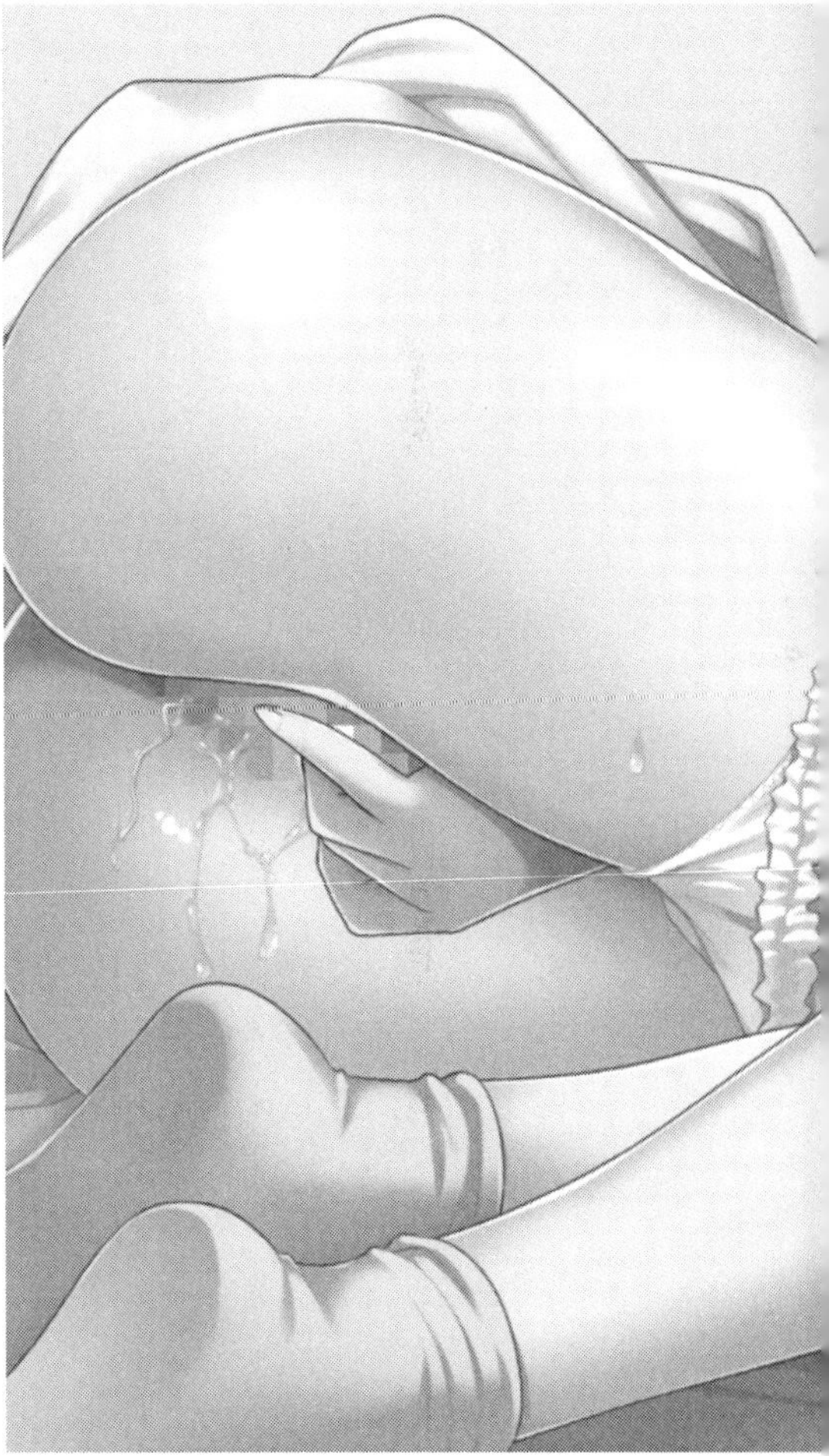

指先に、タンポンがあたった。
経血や愛液を吸いすぎて、もう役に立ってないと思うけど、『これ以上はダメ』というように邪魔をしているみたい。

「もっと、ぐちゅぐちゅしたいのに……っ」

乱暴にしてはいけないと、心のどこかではわかっている。だけど――。

「あの、おちんちんだったら……ぁ、あ、あっ」

こんな防波堤、ものともせずに、私の中を蹂躙するに違いない。

「だ、だめぇ……おちんちん、思いだしちゃ、だめぇ……」

興奮を抑えようとするけど、私の身体は正直におちんちんを求めはじめる。

不安と快感を両方同時に味わうような感覚に身体が震える。

そうなると、もう指を動かすのをとめられなかった。

「んっ……ふっ……んんっ！　ぢゅこぢゅこ、鳴ってる……でも、本物が……入ってきたら……はぁはぁ……こんなものじゃ、ない……もっと、太かった……よね……」

指二本、ううん、三本は余裕である。もっとかも。じかにさわって、確かめたい……。

「んっ、あれが中に入ったら……ミチミチィって、膜を裂いて……おまんこ、広げられて……は、ぁ、あっ、ぁ……」

もどかしくなって、邪魔なタンポンを抜いて投げ捨てる。後処理よりも、今は……。

「くふんっ……んんぅっ」

指がおまんこの中に沈み、えっちなお汁がさらに噴きだしてくる。

「あっ、はっ……んっ、んっ……あっ、ん…っ」

生理中はやめようって、何度も思うのに、重いときほどぐぢゅぐぢゅにしたくなる……

本当に、どうしようもないと思う。

「んんっ、ん……っ……んっ、んっ……あ、あ、あんんっ」

指が今まで以上にリズミカルに蠢いていく。

「あ、あ、あ、あっ……んあ、ああ、ああ、んんっ」

指の動きに呼応するように快感が不安を駆逐していく。

「あぁぁあっ！　ぐちゅぐちゅって……ふぁ、あ、あ、あっ、あん、あっ、あっ……！」

自分の身体だもの。どうすればいいかなんて身体が覚えている。私の指は気持ちいいところを執拗に弄り抜こうとする。

「はぁっ……はあっ、はっ、ん、んっ、はぁ……っ……あっ、あっ」

身体の火照りは収まることなど知らないかのようで。でも、今日は……。

「い、いいよぉ……気持ちいい、よぉぉぉ。あ、あ、あ、あっ……くふぅ、あんっ、あっ……ああんんっっ!!」

いつもよりすごく感じている。感じすぎている。

「なんでぇ、なんで、こんなにいいのぉ……」

おちんちんのことを考えてオナニーするのが、こんなに気持ちいいなんて知らなった。こんなことを知ったら、私、本当におちんちんが欲しくなる。

「だ、ダメぇ……こ、んなこと、したら、七里くんにもっときらわれ、んんっ……」

中学生の頃、七里くんに拒絶されたときの顔を思いだす。

小学校の頃からずっと、七里くんと同じクラスになったことがなかった。だから、七里くんと同じクラスになったときは本当に嬉しかった。

それなのに、七里くんは不機嫌な顔をして、話しかけた私を突き放した。

あんな悲しい気持ちにもうなりたくない。だから、私は距離を置いたのに。

妄想の七里くんが、中学生のときと同じように、私のしていることを冷たい目で見る。

「な、七里くんっ、違うの。わ、私……」

妄想なんだから、慌てなくてもいいのに。七里くんに見られていると思うと、どうしようもなく恥ずかしかった。

生理なのに我慢できず、ベッドの上でオナニーしていることも。気持ちいいっておまんこを弄るのに夢中になっていることも。

全部、全部、かっこ悪い本当の私の姿だ。

七里くんに……幻滅されたくない。

それなのに、私の指は動きを加速させる。

「んぁぁ、それは……あ、ぁっ、あぁ……ダメ……」

自分で動かしているのに、私は指をとめることができない。それどころかここにいない七里くんへ見せつけるようにたくさんおまんこの中をかき乱す。

「ふんっ、ん、っっ……んんっ、あぁ、あんんっ、はぁ……み、見ないで……七里くん。こんな……本当の私なんて、見ないで……」

痛いくらい冷たい視線に泣きそうになる。幻滅したって言われているみたいだ。

「お願い……オナニーに夢中になる私なんか、見ないで……」

だけど、七里くんに本当の私を見られていると思うと、頭が溶けてしまいそうなくらい熱くなる。

自分の指をぐりぐりと気持ちいい場所にこすりつける。この指がおちんちんであると思いこむように、乱暴に出し入れを繰り返す。

ああっ……七里くんのおちんちんが、おちんちんが私の中で動きまわっている。

気持ちよさが、より勝った。

七里くんのおちんちんだと思いこむ。七里くんのおちんちんが、私のおまんこの中でたくさん動きまわっている。

「あああああっ……ど、どうして……こんなに、いいのぉ」

背徳感より気持ちよさが上まわる。

硬くなったクリトリスに指を這わせると、電流のような快感が全身を駆け巡った。

「くううぅぅぅぅぅんんんんっ！　ビリッとするぅぅ……あ、あ、あっ、いいぃ！」

七里くんが見ているのも構わず、私は気持ちよさを曝けだす。

「身体、熱い……疼いてたまらないのぉ……」

貪るようにクリトリスへの刺激を加速させていく。

「あっ、んんっ……あぁぁぁん、あんっ、ひあぁっ、あはぁぁあっ！　イイ、気持ちイイの、どんどんきちゃうっ」

手はとっくの昔にびちょびちょになっていしまっている。

きっと、手もシーツも経血といやらしい汁まみれで酷いことになっている。このあとの片づけのことなんてどうでもよくなるくらい、湧きあがる快感だけしかもう考えたくない。

「あぁぁ、あんんっ、ああっ……んっ、んっ……はっ、あ……。イキたい、イッちゃう、イキたい、イッちゃう、イキたい、イッちゃう」

指も、腰も、大きく動かして、一秒でも早く絶頂にイきたい。

「いい、いいいぃ、いいよぉぉっ!! んっ、あぁぁ、はっ、あっ、ひん、ひあぁ、はぁぁ……ああんっ、ああぁ、もっと、もっとぉっ……あはぁっ」

今まで経験したことがないくらいに強い刺激が、胸におまんこにクリトリスに駆け巡ってくる。

もっと、もっともっともっと。

おまんこの穴に指を根元まで埋め、一番奥まで突きあげる。

「あうぅ、んっ……ひあぁ、あぁぁぁんんっ」

イキたい……七里くんの前で、七里くんのおちんちんでイきたい。

「イク、イクよ、七里くん……っ……私、イッちゃうから……あ、あっ、あっ！ ひっ、あっ……あっ、あっ！ イクッ……イクイクッ！ イッ！ ッッ？ ……あぁぁ、あっ、あぁぁあぁぁんっ!!」

弾けるように目の前が瞬く。硬直して、ビクッ、ビクッと身体を縮める。

「はぁ、はぁ……はぁ……はぁ……」

荒い息を吐きながら、ゆっくりと心を落ち着かせるうちに理性が戻ってくる。

おまんこから指を引き抜くと想像以上に、手はぐしょぐしょに汚れていた。

「ああ……はぁ……」

七里くんのおちんちん、想像しながら……。七里くんに見られながら……イッちゃった。

こんなことしちゃいけないのに……。

「……おちんちん、見ちゃってから……ずっと身体に火がついたみたいで……」

えっちな気分がどんどん膨らんでしまって。

「どうしようもなかった」

そんな言い訳を自分にしている。べつに誰に咎められているわけでもないのに。

「だって七里くんがおちんちん出してるなんて……オナニーしているなんて……思わなかったんだもん」

私の指よりも、太くて硬いおちんちん。

気持ちよさに任せて指でするオナニーじゃなくて、私の中をいっぱい満たしてくれる大きなおちんちん。もし、妄想じゃなく、本当におちんちんが私のおまんこに入ったら……きっと、今よりずっと気持ちよくなれるに違いない。

気づけば私の手は、またおまんこを弄りだしていた。

「ああっ……なんでぇ、はっ、あっ、はぁん」

もうオナニーじゃ無理。肉ひだが指を締めつけて、精液をよこせと、子宮が私に命令する。七里くんのおちんちんで、おまんこをたくさんかき乱されたい。私のおまんこにおちんちんの味を教えてもらいたい。

もうおちんちんなしじゃ、生きていけないようにしてもらいたい。

そんな、はしたない願望が頭の中から溢れだす。

「こ、こんなの、誰かに……な、七里くんにバレたら、わ、私……」

どうなっちゃうんだろう。

想像しただけで震えがとまらないのに、それなのに、どうして――。

私の胸はどうしようもないほど高鳴っていた。

私、もっと知ってほしかったのかも、しれない。あのとき、わざわざ七里くんに聞こえるようにタンポンって言ったんじゃ……。だって『生理か』って七里くん、私に関心を持ってくれた。ずっと、おまえと俺は関係ないって態度だったのに、生理で興味を持ってくれるなら……。あの場でそんなふうに考えてはいなかったはずだけど、心の底で望んだから、あんな言い方になったんじゃないの……？

◆

生理というチャンスをどうにかモノにできないかと頭をフル回転させていたら――。

「ねぇ、瑠珠。その、もうタンポンが限界みたいなの……取り替えたいから帰る前にお手洗い寄っていい？」

背後から椚の緊張した声が聞こえて、ビタァッと足がとまった。

「うん、いいよ。私もトイレ行きたかったし、行こ」

俺には聞こえないとでも思っているのか、生理関係の言葉を平気で口に出している。女同士だとそんなもんか。タンポンを、交換する？　それって処女の血をたっぷり吸いこんだものを捨ててってくれるってことだよな？　交換したいとはっきり言った。コレだ。コレしかない。ふたりが女子トイレに入っていく気配を背中すべてで感じる。

生き血というからには取りたてでなきゃいけないだろう。やるならタンポン回収から一気に儀式までだ。周囲に誰もいないことを確認し、静かにUターンして、女子トイレの掃除用具入れに忍びこんだ。

「んっ……」

「ッ⁉」

なんか隣から、めっちゃ色っぽい声が聞こえた。この声、椚だよな。

「しのん、おなか痛い？」

声の大きさから、椚の向こうの個室に赤崎がいるようだ。

「そ、それもあるけど……ごめんね。私、タンポンだから、変な声出ちゃった」

「たんぽんだから？」

「……な、なんでもない」

赤崎はなんのことだかわからなかったようだが、多分、椚はタンポンを抜くときに声が出てしまうと言いたかったんだろう。

抜くときだけでこんなにエロイ声を出すなら、入れるときは――。

「……はぁ……ふっ」

やっぱエロっつ……。なんだよ、この吐息混じりの声！　反則だろう。

ヤバイ。女子トイレにいるのは思った以上にドキドキする。さっきから股間がキツイ。

「ふう、すっきりした」

それに比べて赤崎は色気どころの問題じゃないな。同じ女子でこうも違うのか。

「しのん、外で待ってるよー」

「わかった。すぐ行くから」

赤崎は俺に気づくことなく、さっさと手を洗って出ていった。

あとは椚だけだ……。

「ちょっと漏れちゃった。いつもより多いから、もうひとつ大きいのにしとけばよかった」

ため息をつきながら、椚がトイレの扉を開ける。

早く、早く、出ていってくれ……。

必死で願っていると、ふと、足音がとまった。振り返ったような、気がする。

なもんだぞ。

気づいたのか。どうする。今、動けば、それこそ、掃除用具庫に人がいると教えるよう

心臓をバクバクさせながら、目の前の扉を見つめた。

再び足音が動きだし、手を洗う音が聞こえたことで、ようやく息を吐く。

「お待たせ」

「んじゃ、行こっか」

椚と赤崎の声が完全に聞こえなくなるのを確認すると、俺は隣の個室へ向かい、サニタリーボックスをそっと開けた。

幸い掃除されたあとだったのか、椚の血を吸ってぽってりと膨らんだタンポンだけが入っていた。

この血の量なら、供物として問題ないよな。

全速力で廊下を駆け、空き教室に飛びこむ。

「はぁ、はぁ、はぁ」

休む間もなく、俺は儀式をはじめた。さっきのトイレからチンポは勃起しっぱなしだ。

いつもならナナリー先生をオカズにするところだが、今はノータイムで椚がタンポンで気持ちよくなるところを妄想していた。だけど決定的なシーンが思い浮かばない。自分の中であいつはやっぱり綺麗な存在としてあるからだろうか。

ネタがナナリー先生だったらまるで実際あったことみたいに、あり得ないドエロシチュ

も難なく思い浮かべられるのに。なんでだよ……。

勃起は最高潮なんだ。確実に、俺はあの椚が見せた女の一面に興奮している。

だったら椚にどんな顔をさせたいか、どんな行為をあいつとしたいか、妄想に必要なのはそれだろ。椚を……汚したい。俺と一緒のところまで、堕としてやりたい。

そうだ。あの優等生ですって顔を、チンポのことしか考えてないような顔に……。

できるだろ、椚。俺は聞いたぞ、おまえのいやらしい声を……。

「ッ……なんだよ、あの声。処女の、くせに……あんなエロイ声出しやがって」

真面目な椚から、想像できないような一面。妄想のエンジンがかかって、俺の中にどんどんいやらしい椚が形作られていく。きっと椚が知ったら汚物を見るような目で俺を蔑むだろう。だが妄想なら俺の自由だ。

「タンポンだけで感じるなら、チンポはめたらどうなるんだよ」

チンポを見せつけられて『おあずけ』を食らっている椚なんて現実ではありえない。俺の妄想の中で、椚がチンポを見つめながらオナニーをしている。

『はぁ、はぁ、はぁ。……き、気持ちいい』

顔を赤らめてもじもじと、スカートの中に手を入れてまんこを弄っている。

『あっ、はぁああん。ぐちゅぐちゅ、んっ……いい。気持ちいいよぉ』

俺が呆れていることに気づいても、椚はオナニーをやめない。

「椚はいつも、生理になるとそんな声を出すのか」

『あぁん！　……だ、だって……タンポン入れると、おまんこウズウズするんだもん』

涙目でよがる椚に、俺は見せつけるようにチンポを激しくシゴいた。

「見たらどうなるんだ。欲しくなるのか？」

『七里くん、やめて。そんな……そんな、大きなおちんちん見たら、私っ!!』

『だ、ダメ。おちんちんだめ!!　今、そんなおっきな、おちんちん挿れたら、私……。たーくんのこと、きっと……』

視線がチンポに釘づけだ。そんなの今すぐ挿入れてって言ってるようなもんだろ。

『ぁあん、ダメ！　もう我慢できない。たーくんのおちんちん、は、早く私の膣内にっ』

懐かしい呼び名に、背筋が痺れる。

「くっ……ダメだ、イく！　イく！　ぁあああっ、出る!!」

勢いよく飛びだした精液を魔法陣に置いたタンポンめがけてぶちまける。

……なんで、そんな昔の呼び方するんだ。もう俺とは関わりたくないんだろ……。

そう思ってから、自分の妄想じゃねぇか……と気づいて虚しくなる。俺は、まだあいつにそんなこと望んでるのか。

冷めていく意識の中、ぶちまけた精液をぼんやり見つめていると、ねっとり汁にまみれたタンポンが別の空間へ吸いこまれていくのが見えた。一瞬目を疑ったが、本当に呑みこまれた感じだった。マジか？　いけるのか!?

空気が震えるなか、光りだした魔法陣の上にうっすらと女の子が浮かびあがってきた。

「お、おお……おおおっ！」

明らかに普通じゃない格好……。羽っぽいのも見える。これが、サキュバス！

幻のようだった女の子の輪郭がこの世界に定着するみたいにはっきりしたとき——。

「七里くん！　なにをしているの⁉」

ナナリー先生の声が空き教室に飛びこんできた。

「……‼」

チンポを隠すのも忘れて、俺はサキュバスの前に立って先生から儀式のあれこれを隠そうとした。

「ちゅぱっ……」

「んお！」

い、いきなりチンポ咥えた！

「ぢゅるるるっ……んふぁ、おいし……なにこれ……ぢゅぱっ、ぢゅるぱ！」

「お、おおおっ！」

マジモンだ。会った瞬間こんなことできるなんてサキュバスで間違いないだろ！

「七里君……やってしまったのね……」

「いや、これは、その……」

これで俺は、先生にとっても『約束を破った最低人間』ということになってしまうんだろう。先生にだけはきらわれたくなかった。だけど、サキュバスが手に入るなら、そもそも

俺、学校にすら行かなくなるんじゃないかという気がした。

「そこのあなた。おしゃぶりはあとにして」

「ひゃいっ！　……えっ、な、なんでネムに命令できんの……？」

「余計な口をきかない」

ビシィッと直立して、サキュバスは先生に従って口を閉じた。

……なんだこの違和感。先生、このサキュバスがチンポしゃぶってるの見たよな。あとにしてって言ったもんな？　普通こんな場面、受けとめきれないもんじゃないのか？

それにこっちのサキュバスも。なんで先生に怒られて震えあがってんだ？

「え、おまえ、サキュバスなんだよな？」

「そうだよ！　偉大なるネム様って呼んでもいいよ！　うまいチンポくん！」

ネムっていうのか……ちょっとおばかなのでは。いや、でもエロいことするにはちょうどいいのか？　そんなことを思っていたら、サキュバスは先生に見つめられてヒュッと口を噤んだ。秒で忘れた『余計な口を』っていうのを思いだしたんだろう。

「もしかしてナナリー先生と知りあいなのか？」

ブンブンッとネムは首を振った。

「知らないけど、なんかこわぁい」

「あらぁ～、怖くないですよ～」

ニッコリ笑顔を向けられてサキュバスは震えあがった。

規律を守る立場にある先生を本能的に怖がっている、とか？

「でも、学園内で部外者の勝手を許すわけにはいかないんです。あなたの身元を確認しなければなりませんので、まずは先生とお話ししましょうか」

「えー、ネムはこのうまいチンポくんに呼ばれたから、あんた――タッ、た、あにゃ、あなた様に用はないのでしゅが」

なんか無理やり言い直して口がひん曲がってんぞ。大丈夫なのかこいつ。

「私が話があると言っているのです。いいですね？」

「あひゃい」

どういうことだ？　やっぱり先生には逆らえない感じが出てるというか。いや、俺もだけど。ナナリー先生は意外とそういう本質を持ってんのかな。それはそれで……イイ。

「チンポくん、たしゅけて……」

「チンポじゃねぇ。七里孝史だ！」

三度言われたらさすがに訂正だ。定着してしまう。

「なにその言いにくい名前……」

「先生、あの……こいつは」

「理解しているつもりです。あの本に書いてあった召喚の儀式をしてしまったのよね。危ないことはしないと約束したのに……」

「あ、危なくはないと思いますよ。ほら、会話も成立してますし」

「チンポでいいじゃん……それともおちんちんがいい？」

成立してくれ頼む。

「とにかく、七里君は帰宅してください。この子はひとまず先生が預かります」

「えっ⁉　ナン――――ンムググ！」

先生に食ってかかろうとしたサキュバスが、なぜか自分で口を押さえた。

さっきからなんなんだ？

もしかして人間界に召喚されたサキュバスは人間に対する敵対的な言葉や行動ができないようになってるとか？　それとも無関係な第三者に対してのみ？

「預けたら、どうなるんですか？　警察行き？　身元とかなにも保証でき――」

「安心して。お話が終わったら七里君の家へ送るから。悪いようにはしないと約束する」

サキュバスは口を封じられた感じが理解不能なのか、めっちゃ先生に怯えてる。俺も今日の先生はちょっと怖い。下手に争うより、ここは引きさがったほうがいいか。

「わかりました。じゃあ、えっと、俺はここを片づけておくので……」

さすがにオナったあとを放置して帰るのは気が引けた。精液の大部分は召喚で吸いこまれたけど、細かく飛び散ってるし。

「いいの。この子の素性を聞くまではあまり連れまわさないほうがいいでしょうから、ここでこのままお話しします。お掃除もやっておくから、安心して」

せ、先生が俺のオナニーの後始末……そんなの安心どころかヤバさに興奮してしまう。

精液ぶっかけて召喚したってことをまだ知らないからこんなこと言えるんだよな？　いざ掃除をはじめて、なにをしていたか先生が知ったら……。

……やばい、勃起してきた。ていうかチンポ出したままじゃん俺！　忘れてた！

「あれあれ～？　おっきくなってる～？　チンポくんってば、せーえき処理させることに興奮するタイプ？」

「う、うるさい！　言わなくてもいいだろ！」

「あの、七里君……わ、わかってるから、大丈夫。その瞬間を見ていたわけではないけど、状況が状況だし、さすがにこんなに濃い匂いがしていたら、その……わかるから」

マジすか、先生……。頬を染めて視線を逸らした先生がうなずいてくれた。憧れの先生がそうと知った上でオナニーの事後処理をしてくれるっていうのか。そんなのもうズリネタだろ。もしかして、あとで俺の家へこのサキュバスを連れていくからっていうのも口実で……って、さすがにそれはないか。

「えっと、なんかマジですみません。じゃあ、俺はおとなしく家に帰るのが先生的には一番いいってことでしょうか？」

「ええ。それともうひとつ、この子とお話する間だけ、ひいお祖父さまの本を預けてもらえると助かります。大切なご本だというのはもうわかっているから心配しないで。七里君の手元に戻すことは約束します」

……召喚はもう済んだし、それくらいなら……。たぶん、本当にこの本で召喚されたのかをサキュバス本人に確認するんだろう。あんなにすらすら読めた先生だ。もしかしたら俺が触れていない部分で重要な情報を読み取ってくれるかもしれない。

「わかりました。よろしくお願いします」


そうして数時間後、偉大なるサキュバス、ネムはピンポーンと玄関からやってきた。

「ネムだよ！　お兄ちゃん！」

「名前はもうわかったよ。ネムって呼んでいいんだな。先生は？」

「ここまでネムを連れてきて、車からおろしたら帰っちゃった。あ、魔導書は明日自分の手で返すって」

「そっか。寄っていってはくれなかったか……」

まぁ、そんな妄想どおりになるわけない。

「いやぁ、ヤバかったね。消し飛ばされるかと思った」

「なんでだよ。召喚した人間以外に接触したらいけないとか？」

「そんなことないけどぉ、あ、その辺は言っちゃダメなんだった！」

慌てた様子で口を押さえた。秘密のサキュバスルールか？　わからんけど。……ちょっと、想像してたサキュバスとは違うな。うっかりというか、お調子者というか。妖艶な感じはゼロだ。そのぶん、気後れしなくてすむってのはありそうだ。

「なぁ、すぐやらせてくれんの？」

「え？　ネムとえっちしたいの？」

「そりゃそうだろ。サキュバスを召喚する目的がセックス以外のヤツなんているのかよ」

　個人的にはそれ以外に一緒にいてくれる存在がほしかったってのもあるけど。

「するのはいいんだけど、明日ナナリーと話してからのほうがいいかも」

「もう先生を呼び捨てかよ。いったいなにを話したんだ？」

「それも含めてネムが話すとややこしくなるから明日の放課後、関係者を集めて……めん……なんだっけ、めん……めんどい？　するって」

「……もしかして面談？」

「そうそれ！」

「関係者って、ここに揃ってるんだから帰らずに家庭訪問にすればよかったのに」

　さすがに精液処理の直後じゃ顔を合わせづ

らい、とか思ったのかな。そりゃそうか。

「つまり、先生はおまえのことも把握して、ちょっと待てと」

「そゆこと！」

「マジかよ……先生に頭を抑えられるなんて」

でも、立て続けに先生の言うこと無視したら、このあと冷たい目で見られてしまうかも
……それはつらすぎる。学園唯一のオアシスは大切にしなければ。ネムを送り届けてくれたってことは、一緒にいていいってことだろう。それなら一日くらい焦ることはない。

「わかった。明日の放課後な」

「そうそう明日明日。ふぅ～。役目は果たした」

「……なんかさぁ、全然想像してたサキュバスと違うんだけど」

「こてーかんねんよくない」

面談はわかんねぇのに固定観念は言えるのかよ。きっと今までの召喚で何度もこういう話になってるんだな。

「なぁ……先生は魔導書預かってなにをしたんだ？　中身を確認したのか？　もしかしておまえをどうにかできる方法をすでに見つけたんじゃないの？」

「うぇっ？　い、偉大なるネム様をどうにかできるとかあり得ないし」

アヤシイ……。思いっきり動揺してる。

「さ、さーて、頼まれたことは伝えたし、もういいでしょ」

絶対コレ、先生に急所つかまれてる感じだよな……。

「……一日くらいは我慢するけどさ。あんだけ苦労して召喚したんだ。明日からはたっぷりやらせてもらうからな」

「えっちはたっぷり、できるんじゃないかな。まぁお兄ちゃん次第？」

「含みのある言い方だな。ていうかさっきから『お兄ちゃん』ってどういうことだよ」

「一緒にいるなら兄妹ということにしておくのがいいってナナリーが言うから、こっちにいる間はそう呼ぶことにしたんだよ。あ、まわりの人間にはそう認識させることができるから大丈夫だよ」

これも先生の指示かよ。なんだかなぁ。

第二章　選択の意味

「皆さん、お忙しい中集まってくださってありがとうございます」

放課後、空き教室へ来るようにとナナリー先生に呼びだされた。そこには、なぜか学校の制服を着たネムが先生と一緒に待っていて、それに加えて――。

「時間は大丈夫です。それより、先生、お話とはなんでしょうか？」

なぜか椚と赤崎まで来ていた。関係者ってこいつらのこと？

「えと、お招きしたのは椚さんなのだけど、赤崎さんは……どうして一緒に？」

「？　親友として、付き添い？　職員室じゃなくて旧校舎に呼びだすなんて、もし先生の名を騙る誰かだったらヤバイと思って。しのんを呼びに来たの、その子だったし」

なるほど。経緯が少し見えた。ネムが椚に先生の名前で呼びだしをかけたのか。はじめて会うヤツにいきなり旧校舎へ呼びだされたら、警戒するのも無理はない。

「ああ、そうね、ごめんなさい。大丈夫、ちゃんと先生が呼んだのよ」

「でも、しちりんがいるし……これでしのんを残して帰れっていうのは、ちょっと……」

こいつの姿勢は『とにかく椚から俺を遠ざける』ことが正義になるらしい。べつにそれが間違いだとは思わない。俺はどうやったって椚にとってプラスの存在にはならないんだから。でも、腹が立つという事実はそれとは別の問題だ。

「赤……えーと、赤の人はこっちの子の守護者なの？」

ネムが『赤の人』なんて言うもんだから思わず噴いてしまった。

「笑うな！」

「いでっ！」

赤崎に脛を蹴られた……暴力女め。

「あたしは赤崎瑠珠！」

「はいはい、るみーね。ネムはネムだよ。ね、お兄ちゃん♪」

ネムが俺をお兄ちゃんと呼ぶと、赤崎が少し顔をしかめた。

「……あ、ああ……そっか、しちりんの妹だっけ」

「えっ……瑠珠？　なに言って――」

椚には兄妹カモフラージュは通じてないっぽいぞ。『関係者』になるからか？

「赤崎さん、これは椚さんにとってすごくデリケートなお話なんです。せっかく心配してついてきてくれたのに申し訳ないけれど、席を外してもらえる？」

「だったら、しちりんをまず追いだすべきです。そうしないならあたしは残ります」

先生がこんなに困る顔見たのはじめてかも。

「ネムはいいと思うよー？　べつに聞かれて困るようなことでもないし」

「椚さんが困るんですっ」

「あの……私が瑠珠にも知っておいてもらいたいと言ったら、同席を許していただけるんでしょうか？　私、少し……心当たりがあって……私の身体に起こった変化のことについて呼ばれたんじゃないかと思うんです」

「『変化？』」

うわ、赤崎とまったく同じ反応をしてしまった……。

「あー、もう自覚あるんだ。適性高そうだもんね。話が早くていいじゃん、ナナリー」

「……はぁぁぁ」

めずらしく、あり得ないほどめずらしくナナリー先生がイラッとしたのが空気でわかった。先生でもこうなることあるんだ。聖女じゃないかってくらい優しい人なのに。

「わかりました。その代わり赤崎さん、今からお話しすることは誰にも口外しないと約束してください。椚さんにとって、とても重要なことですので」

うなずいた赤崎、自分を守るように身体を抱く椚、そして俺、順々に先生が見つめていく。まるで覚悟を決めているみたいだ。

今から話すことはネムとの対話でまとめた内容だと前置きして、先生は話しはじめた。

サキュバスという存在のこと、そのサキュバスは特定の条件を満たせば魔導書で呼びだせること、俺がその召喚を実行したこと。そして……。

「七里君がおこなった召喚の儀式は不完全なもの――失敗だったようです」

心当たりがあると言った椚は、しかしあまりにも荒唐無稽な話に戸惑っているようにも見える。ていうか失敗ってどういうことだ？　ネムはここにいるじゃないか。

「サキュバスの話が仮に本当だとして、そこに私がどう関わってくるのでしょうか……」

「儀式には、処女の生き血が必要だったそうです」

目の色を変えた赤崎が俺の胸ぐらをつかんだ。

「あんたまさか！」

「く、椚にはなにもしてねぇよ！　ただ、その……」

椚の顔がどんどん紅潮していく。もしかして、これだけでバレた⁉

「……七里くん、あのとき、やっぱりトイレに隠れてた？」

出ていくときに立ちどまっていたのは、やっぱり俺の気配を感じていたからか。

「わ、悪かったよ。これしかないって思って、椚の、使用済みのタンポンをいただいた」

「このっ……！」

椚が涙目になったのを見て、赤崎が手を振りあげる。だけど、椚がそれをとめた。

「しのんなんで⁉　怒りなよ！」

「たー……な、七里くんがどう考えて行動に移したか、たぶんわかるから……誰かに傷を負わせて血を奪うなんてできないって、思ったんだよね？」

「……ま、まぁ……」

「しのんの心が傷ついたじゃん！　今の顔、絶対ショックだった！」

「そうだけど、でも、私でよかったとも思う。全然知らない人に、そういうこと……してほしくないから」

　爆発しそうな憤懣を赤崎はどうにか抑えこんだように見えた。一瞬でも隙を見せれば殴られそうだけど。

「……ごめんな。それで、あの――」

「ええ。あなたにどんな変化が起こったかまでは先生にはわかりませんが、おそらく関係があります。いい？　落ち着いて聞いてね」

　ネム以外の全員が固唾を呑んだ。

「儀式に必要だったのは処女の生き血。でも、生理用品に吸われた経血は生き血とは言えず、不純物も多量に含んでいた。この子、ネムちゃんを呼びだすことはできたけれども、失敗としか言えない状況です。なぜなら、ネムちゃんと七里君の間に契約関係が成立していないから。そうですね？　ネムちゃん」

「そだよー」

　か、軽い。

「成立してないって、どういうことだよ？　ここにいるのに？」

「お兄ちゃんが中途半端な知識で適当な儀式しちゃったせいで、ネムもしのーも変なことになっちゃったってこと」

「え、ちょっと妹がサキュバスってどういうこと？」

「あー、ナナリーが部外者いると面倒って言ってたのはこういうことね。じゃあ、るみーは認識のアレの対象外にしとこっか」

ツンと赤崎の額を小突く。それだけで『ネムが俺の妹だと思いこむ』認識の改変は解かれたようだ。便利だな。赤崎は混乱してしゃがみこんでしまった。

「得られるだけの情報・状況を整理した結果、触媒に血を使われた椚さんは儀式の失敗により椚さん自身がサキュバス化してしまう呪いを受けてしまったと考えられます」

全員、すぐには言葉を発することができなかった。

「今回の件は、儀式をとめられなかった先生にも非があります。よくないことになりそうな気がしていたのに、七里君に対して強く出られなかった。ですので、私にできる限りのことをしなければと、こうして事態の整理を試みている次第です。教師としての怠慢がこの状況を招いてしまいました。椚さん、本当に申し訳ありません……」

「そんな……現実にこういうことが起こるなんて誰も思いませんし、先生は悪く――」

「椚さんっ、あなたは被害者なのだから、そんなに自分を抑えこまないで。さっき赤崎さんが言ったように、怒っていいの。どうして私がこんな目に、って詰っていいの」

「……………」

椚はたぶん、そうはしない。

「私は、私の身体がどうなったのか知りたいです。サキュバスというのが一般的なイメージのそれと一緒なら、私の身体に起こった変化は道理で……というものでした。ですが同時に——いえ、とにかく呪いだというなら詳細を知りたい。死んでしまうような呪いなんですか？」

この場にいる誰よりも冷静かもしれない。いや、そう努めようとしているだけか。

椚はいつもそうだ。限界まで我慢する。

「ここから先の話はネムちゃんからのほうがいいかしらね……」

「簡単だよ。搾精し続ければいいだけ。そうしてれば死なない」

「ぇ……さ、さくせ——？」

「せーえきを、搾って、体内に取り入れる。口からでも、おまんこからでも、おしりからでも。好きなところを使えばいいよ」

「えぇっ⁉　それって、せ、せっ……」

「セックス」

事もなげに放たれた四文字に、青ざめていた椚の顔は一気に朱に染まった。

「そんな……そんなの、無理っ」

「そう言われてもサキュバスのごはんはせーえきだし。まぁ人間のごはんも食べられるけど、せーえき摂取しないとそれこそ無理だから」

「うぅ……そうしていれば、呪いが解けるの？」

「解けないね。たとえばそこのるみーの血も儀式に使ってた、とかなら負荷が分散しただろうから乗り切る目もあったかもしれない。でも、ひとりで呪いを受けちゃったら一発確定しちゃう。もうサキュバスとして生きる以外の選択肢はない。これはお兄ちゃんが中途半端な知識で召喚魔術に手を出したことへの罰ってことだよね」

「な、なんだよそれ！　そういうのは儀式の手順に書いといてくれよ！」

「えー、ネムが書いたわけじゃないし、こっちに文句言われても」

「あの魔導書……先生！　ひい祖父ちゃんのぁの本！　あれが悪いんじゃ――」

「昨日、ネムちゃんから話を聞きながら本のことも確認しました。サキュバスの世界の言語ではないそうです。私が読むことができたのも、過去に類似した法則の暗号文書に触れたことがあったからでしょう。装丁も凝ってはいますが、だいぶ昔の、日記用の白紙本。市販品だと思われます。おそらく七里君のひいお祖父さまの記録なのでしょう」

ヤバイ……ヤバイヤバイヤバイ……!!

「ネムが見た感じ、しのーはすっごいサキュバス向いてると思うよ？　えっち好きそうだし、今もすんごいやらしー匂いさせて興奮してるよね？」

「しっ、してません！」

「大丈夫、大丈夫。最初は抵抗あるかもだけど、慣れたらもうサキュバス最高！　セックス大好きって夢中になるから」

「そんな、わけ……」

チラリ、と栖が俺の股間を盗み見た。その視線の熱さにドキッとする。やらしー匂いってどういうのだよ。気になるだろ！

コホンと先生が咳払いすると、ネムはビシィッと直立した。

「えーと、そんなわけなのでネムはお兄ちゃんのサキュバスにはなれてないんだよね。べつにえっちできないわけじゃないんだけど、そもそも契約の代価をもらえてないから、なんにも縛られてないし次の新月の日に戻されちゃうはずだよ」

「契約が成立していないのにネムちゃんがここにいる理由は？」

先生、話を誘導しているみたいだ。どう伝えるか打ちあわせ済みってことか。

「そこはほんとネムもいい迷惑っていうか、お兄ちゃんを満足させれば昇格だったのに、ややこしいことになっちゃったよ」

「は？　なんだよそれ？」

「お兄ちゃんには関係ない話！」

『しょうかく』って昇格？　文脈的にそれ以外はなさそうだけど。

「とにかく召喚が呪いになっちゃったことで、ネムは少しの間こっちに残って呪われた子の選択を助けろって偉いお姉さま方に言われちゃったわけ。真性のサキュバスじゃなくても、一応仲間になるわけだしね。しのーがちゃんとサキュバスになれれば、ネムも褒めてもらえるはずだよ」

サキュバスの側にも上下関係というか指示系統がありそうな言い方だ。召喚の儀式って向こうからしたら派遣契約みたいな感じなのか？

「サキュバスの世界がそんな感じなら、力のあるサキュバスとかもいるんだろ？　そういう上級者に呪いを解いてほしいって頼めないか？　今の話しぶりからしてネムは下っ端だから呪いに対処できないだけで……」

「下っ端言うな！　いつか頂点に君臨する偉大なるネム様だぞ！」

「そんなに偉大偉大って言うなら、おまえが呪い解いてくれよっ」

「無理。だってネムたちが『サキュバスになれ～』って呪ってるわけじゃないし」

言いあいになりそうなところで先生が制止した。

「私も話を聞いてどうにか呪いを解けないのかまず尋ねました。ですがどう探っても解決法は出てこなくて」

「……ま、魔導書のどこかになにか書かれてるんじゃ」

「残念ながらどこにも。ひいお祖父さまは成功体験を書き残しただけで、おそらく呪いについてはご存じなかったのでしょう」

どこにも、と断言できるほど調べてくれたのか。魔導書をネムに預けなかったのは、直接返すということよりも、中身を精査するというのが目的だったのかも。俺が先生の立場だったら、きっとそうする。よく見れば、先生いつもより疲れてる。

……どんどん目の前が暗くなっていく。

これ、椚の人生台無しにしたっていうことだぞ。人間やめさせた……俺が。前途を約束されていた『いいとこ』のお嬢さまである椚を、陰キャぼっちド底辺の俺が。

「俺……死ぬしかないじゃん」

「あー、今お兄ちゃんが死んだら『選択前の』しのーも死ぬから、そこはよく考えなね」

「——!?」

なんだよそれ……。死んで詫びる自由もないのかよ。握りしめた拳を、意外にも椚の手が包んだ。見れば椚が不安そうに俺を見つめている。

「死ぬなんて、簡単に言わないで七里くん」

「……いーや、しちりんは万死に値する」

ここまで頭を抱えていた赤崎が、すっくと立ちあがった。

「ようやく整理できた。とりあえずボコボコにしても足りないってことじゃない？　しのんさえゴーって言ってくれればあたしはやるよ」

言ってることは俺ももっともだと思うけど、赤崎の中の整理が正しいとは思えない。こいつは日頃から理不尽の塊なんだ。ボコられたあとに、全然見当違いな解釈をされていたことがわかったら……イヤすぎる。

「瑠珠、ありがとう。でもそう思ってくれるなら、七里くんのことは傷つけないで」

「しのん……なんでそこまでこいつを庇うの？」

ほんとだよ。どんだけ優等生を貫き通すんだ。

「こんなことになるなんて『誰も』思ってなかったんだよ」

「でもタンポン泥棒じゃん」

「う……そ、それは、えっと……」

赤崎のひと言で擁護不能になったようだ。確かに我ながら一ミリも逃げ場がない。現物は召喚のときに呑みこまれたとはいえ、俺自身の口で認めてしまったからな。

「赤崎さん、あまり追いこまないで。椚さんが一番この状況に戸惑っているはずだから。事態が事態だから第三者を交えたくはなかったけれど、こうなった以上は椚さんを支えてほしい。私もできるだけのことをするつもりだから」

「はい……しのん、あたしは……」

「瑠珠、巻きこんでごめんね。でも、瑠珠が私のことをわかってくれていると思うだけでも、勇気づけられると思う。あ……もう人間じゃないっていうのが気味が悪かったら」

「悪くない！　なにも変わらないよ！　あと悪いのはしちりん！」

そうだよ、俺だよ……クソッ。

「……椚。本当に、ごめん……謝ってどうにかなるもんじゃないみたいだけど」

椚に頭をさげた。想定外だとしても、椚の人生を変えてしまったのは事実だ。これなら誰も傷つかないと思ったやり方で、最大級のしっぺ返しを食らった。俺はただ、まわりのヤツらの存在なんてどうでもよくなるくらい没入できる『たったひとりの相手』がほしかっただけなのに。

「七里くん、顔をあげて」

椚の声は、驚くほど優しかった。俺を見つめる顔も穏やかだ。

「正直、まだ受け入れられてはいないけど、わざとじゃなかったんだよね？」

「ああ」

「それなら……私は七里くんを信じる。七里くんが助けてくれるならがんばってみる……」

なにを、とは言わなかった。

「おまえはそれでいいのか？」

「うん。今聞いた話のとおりなら、せめて、自分が納得できるようにしたいの。だから、その……よろしくね」

「……おう」

◆

学園に通うことになったネムは驚くほど自然に受け容れられていた。どうやら外国にいた俺の妹が帰国して転入という設定らしい。妹なのになんで同じ学年なのかと誰かがネムに言うだろうと思ったが、サキュバスの認識操作はそんな矛盾はものともしないらしい。

『選択』とはなんなのか、それもすぐに教えるとは言っていたが、昨日はあそこまでで話を終えた。いっぺんに伝えても栩が受けとめきれないというのが先生の判断だったからだ。

ひとまず栩にとって重要なことは、俺の精液を定期的に摂取しなければならない、ということ。

だけど今日の栩は、そんなことをまるで感じさせない。赤崎やほかの女子たちと穏やかに笑いあっている。

『みんなで椚さんを助けていきましょう』

昨日、解散する前にナナリー先生にそう言われたけど。

俺に求められている役割は……言ってみれば椚が生きていくための苗床だよな。べつに心の交流とか、快楽の共有とか、そういうのはいらなくて……ただ椚に人間を辞めさせてしまった贖罪のために一生精液を搾り取られるだけの……。

一生……。


悪いことをしたとは思っているけど、椚のために一生精液を捧げ続けるっていうのは、正直つらすぎる。『俺を信じる』って、なんだよ。

「人気者だね、ネムちゃん」

いつの間に隣にいたのか。同じクラスの豊春《とよはる》みつきが、さも当然のように俺に話しかけてきた。

「七里君に妹がいたなんて、僕、知らなかったよ」

「べつにおまえに教える必要なんてないしな」

「えー、ひどいよ、七里君。僕たち友達なのにそんな言い方」

豊春は基本的に人見知りでほかのやつには距離をとるくせに、どうしてか俺にだけこんなふうにくっついてくる。女ならまだしも、男なんて嬉しくねぇ。と思っていたら――。

「お兄ちゃ～ん」

ネムが豊春との間に割って入り、いきなり腕に抱きついてきた。

「あのね、ネム、今日の放課後、お兄ちゃんと行きたいとこがあるんだ」

「お、おい、くっつくな」

認識操作でネムの行動はなにをしても大して疑われないというズルい状況みたいだが、兄設定されているはずの俺には恩恵が及ばない半端さもある——と、ほんの短い間でも感じている。『素晴らしきネム』の兄貴がこんなの……みたいな反動すら感じる有様だ。

この設定、俺にツラくないか？　今まで教室では空気でいればよかったのに、ネムの行動がそれを許してくれなくなる。

抱きついたネムはそんなことおかまいなしに耳もとでコソッと囁いた。

「しのー、ちょっとヤバめだよ」

なにがヤバいのか、というのを理解するまで二秒かかった。

「マジか」

「うん。結構キてるから『大丈夫か？』って聞いてあげたら？　あそこにいるよ？」

精液を摂取しないとヤバイということだ。そういえばどのくらいの頻度でとか必要な量とか、ちゃんと確認してない。

「クラスでそんなことできるかよ」

「なんで？」

心底わかんないって顔で、純粋に不思議がるネムにイラっとなる。

「俺は椚と仲がいいわけじゃない」

なにより、今回のことで完璧にきらわれたはずだ。

「わっかんないなぁ。じゃあ、いつピュッピュすんの？」

「ッ⁉　お、おまっ……教室でそういう話題は頼むからやめてくれ」

「……めんどくさぁい」

「いいから、マジで頼む。俺は目立ちたくないんだ」

「はぁ、しょうがないな。というわけで、みっきー。放課後はネムがお兄ちゃん予約したから」

「ええ～、ネムちゃんずるいよ～」

今はじめて『みっきー』って呼ばれたはずなのに、人見知りの豊春がすんなり受け容れてやがる……。サキュバス、めっちゃ生きやすそうだな。もしかしていきなり公衆の面前でエロいことはじめても都合よく解釈してもらえる……とか？　いま俺に向けられてる視線も含めて考えると、本来の認識の中に『許容しなきゃいけないこと』みたいに割りこむとか……。いや、それはさすがに……。

「ふふふっ、なんでも早い者勝ちなのだよ、みっきー」

ていうか豊春とはなんの約束もしてねぇ。用事を終えると、ネムは椚たちのグループへと走っていった。

こっそり椚の様子を盗み見る。飢えてるとか、具合が悪いとか、やっぱりそういうふうには見えない。サキュバスにだけわかるサインがあるんだろうか。たとえば俺が毎朝オナって、抜きたて精液を容器に入れるとかして桝に渡すっていうのはアリなんだろうか。それだったら今までだってオナニーで数え切れないほど捨ててきてるんだから俺の日常に大きな変化はないってことになる……。あとで確かめてみるか。

◆

放課後、宣言どおりネムは俺を連れだした。

「行きたいとこって、メシ屋かよ。でもなんで『ゆいまーる』のこと知ってんだ？」

「にへへ、なんででしょー？」

まぁ女子連中と話してて情報入手したってとこだろうけど。『ゆいま～る』は俺がよく行く沖縄料理の店だ。

「人間社会に滞在する場合は馴染む努力をせよってことになってるからさぁ。人間って食べものの話多くない？　どこそこでアレ食べた？　とか、新しいお店ができるらしいよとか、さっぱりわかんないんだもん。せーえきの味だったら何時間でもしゃべれるのに」

「ま、まさか精液が主食って、女子の間で話したのか？」

「お兄ちゃん……ネムのことバカだと思ってない？」

……正直アホだとは感じはじめている。

「してないからね。まぁネムがえっちなこと大好きって話してもべつに平気なんだけど」

「あ、やっぱりそうなのか。ネムの言葉や行動は、まわりの人間には『受け容れなきゃいけないこと』として映る？」

「まぁそんな感じ？」

「俺がここでチンポしゃぶってくれよってやっても？」

「興奮して見てくれると思うよ～。あとでお兄ちゃんだけ捕まると思うけど」

クソッ、そんなとこまで俺の想像どおりかよ。でもまぁ、すげぇ能力なのには違いない。

「それって、サキュバス化した粡でも？」

「しのーが『確定』したらそうなるけど、ネムほどじゃないかも。その辺の話もしようと思ってたんだよ」

「お、それはぜひとも聞いておきたい」

「まぁお店で落ち着いてからね～」

……おいおい、店の中でサキュバスがどうのこうのって話すのか？　いや、まぁ今の話しぶりからして仮におっちゃんやおばちゃんに聞かれても『他愛もない会話』として流されるのかもしれない。

「あれぇ？　なんかヤダって顔してる？　ネムとは一緒にごはんはイヤなのかなぁ？」

「っ……そんなことは、ねぇけど」

「だよねー。ひとりの食事はつらいって言ってたもんね～」

「え⁉　お、俺、おまえにそんなこと言ったか？」

「ふふ……召喚の魔法陣ってね、書いてるときに考えてることもちょっと流れこんじゃうんだよ。だから、気が向いたらサービスしちゃうこともあるかもね～」

「そっか……」

今はサービスタイムなわけだ。ネムの言うとおり、家でも学校でもひとりなせいか。時々無性に人との食事が恋しくなる。『ゆいま～る』にはそういう会話を求めて通っていると言えないこともなかった。店員と客の関係だけど、ファストフードやファミレスとはやっぱり違うから……。


店に着いた。雰囲気としては和風中華食堂が沖縄料理を出してるような感じだ。駅からも近いし、そんなに大きくもないから、昼時にはすぐ満席になるらしい。俺が来るのはたいてい学校帰りか夜の人が捌けた頃で、座れないということはまずないけど。

俺の注文はほぼ毎回ソーキそばだ。そのせいか俺の顔を見たら即作りはじめるんじゃないかってくらい早く出てくる。が、今日はおばちゃんが驚いた顔を見せた。

「あら、孝史くんが女の子連れてくるなんてはじめてじゃないかしら！」

「あー、えっとこいつは——」

「妹のネムだよ！　こっちにしばらくいるからよろしくね～」

「ああ、そうなの。かわいい妹さんねぇ。なに食べる？」

サキュバスの味覚なんてわからんから、ネムの頭を壁にあるメニューに向けさせた。

「こん中から好きなの選べ。基本なに食ってもうまい」

「あら、うれしい♪　でもそれならおばちゃん色々食べてほしいわ」

「色々試して行き着いた答えがソーキそばなんですよ……まぁ毎回具を入れ替えて気を遣ってくれるのはありがたいです」

「んふふ、どういたしまして」

そういや日本語は読めるんだろうか。

「ん～……聞いたことないのばっか。――‼　タコ！　タコがあるよお兄ちゃん！」

「ん？　あー、タコっつーか……」

「あまたの淫魔を従える偉大なるネム様としては、海の魔物は制覇しておくべきだよね。これ！　タコライス！」

なにか盛大な勘違いをしているが、まぁいいか。

「じゃあソーキそばとタコライスお願いします」

「はいよ。一緒に出したほうがいいわね。ちょっと待っててね」

おばちゃんが厨房へ引っこむと、入れ替わりになぜか梢が出てきた。

「な、七里くん……ネムちゃん」

「あー、しのーいたー。こっち来なよ～」

梢は厨房に声をかけて俺たちの席に着いた。注文しなくてもそれができる仲みたいだ。

「えっと、なにかな」

「しのーがここへ行くって言ってたからお兄ちゃん連れて追いかけてきた」

……この店を知ってたのはそういうわけかよ。まぁ、クラスで無理やり今後の話しあいさせられるよりはマシか。

「梱ってこういう店も来るんだな」

「うん……町内会でお付きあいがあるし……。今日はアルバイト希望の子を紹介してもいいか相談に来たの。少し前に募集するって仰っていたから」

「へぇ……確かにメシ時はかなり忙しいらしいからな。……って、まさか俺の知ってるヤツじゃないだろうな？」

もしそうだとしたらここが安息の地ではなくなってしまう……。

「えと、どうだろう。知っているかはわからないけど、同じ学年で隣のクラス。神間釉愛さんっていうの」

「……うん、知らん」

仮に採用されてもなるべく関わらないようにしよう。

「ちょぉっとふたりとも～。ネムは世間話しに来たんじゃないんだけどー？　ここに来たのはしのーの話をするためだよ。そろそろせーえきもらったほうがいいんじゃないの？」

「お、おい、店の中で精液とか言うなよっ」

小声で制止してもネムはどこ吹く風だ。

「今は雑談にしか聞こえないように歪めてあるから全然へーきだってば」

「……マジか。便利すぎる」

「で、せーえき、どうすんの？　なんならテーブルの下にもぐってすぐおしゃぶりさせてもらう？」

当然のように出てきた提案内容に息がとまる。こ、ここで!?

「そ、そんな……無理だよ……」

「もー。煮え切らないなぁ。じゃあとりあえず今までの話は整理できた？　続きがまだあるんだけど」

「そう、だね。私の身体、変わっちゃったんだっていう実感は、湧いてきた……」

それって精液が欲しくなってるってことか。俺がマジマジと見つめると、椚はうつむいて小さくなってしまった。

「ネム、続きって、あの『確定』がどうのこうのって話でいいんだよな。だったら教えてくれ。俺こそ聞きたい」

「結論から言うと、しのーはまだサキュバスとして不完全なんだよね」

「それって椚がもとに戻れるっていう……」

「ううん、サキュバスにはなってんの。このあと、誰の精液をもらって生きるかの問題だ、誰の？　どういうことだ？

「えっと、あの、私は七里くんのサキュバスじゃないの？」

「あれ、その感じ、しのーはお兄ちゃんのサキュバスになりたいの？」

「そ、そういうことじゃなくて……。この前の話では、七里くんが私のご、ご主人さまだって話だったから……その、覚悟を……」

覚悟……。まぁ、俺の精液を摂取し続けるなんて相当な覚悟が必要だよな。

「ふ～ん。しのーがお兄ちゃんをご主人さまって決められるなら、お兄ちゃんに処女捧げて専属になるといいよ」

「処……ッ!?」

叫びそうになった栩が咄嗟に口を塞いだ。

「しのーがずっと我慢してるから、てっきりお兄ちゃんイヤなんだって思ったんだ。だから野良っていう選択肢もあるよって話すつもりだったの」

「ネム、もうちょっとわかりやすく頼む。それはどういうものなんだ？」

「えっとね、そもそもサキュバスは真性と仮性にわけられるのね。ネムみたいに生まれながらのサキュバスが真性で――」

「私みたいに……呪いを受けたら」

「そう、しのーみたいのが仮性」

「仮性って包茎かよ」

仮性のあとに続く言葉なんてそれしか思いつかん。

「それはお兄ちゃんのおちんちんね」

「ああ、そうだよ悪いか」

「ネムは好きだよー。立派に勃起させたら『このちんちんはワシが育てた』って鼻ターカダカになるし。いまおっきくしてあげよっか？」

「すんなっ」

椚が赤くなって俯いた。今の脱線は俺が悪い。

「はーい、おまちどおさま」

おばちゃんが料理を持ってきて、俺と椚は一瞬固まった。雑談に聞こえると言っていたが、ほんとにそうなってるのか自分じゃわからないからな。

「ソーキそばとタコライス、それと忍乃ちゃんもなにかないと寂しいでしょうから、つめるようにポーク玉子ね。ひとりで食べるには多かったら三人で分けてちょうだい」

「あ、ありがとう、ございます」

「タコ！　……いない？　隠れてる？」

「海のタコじゃないんだよ。タコライスってのは……なんて説明すりゃいいんだ？」

「メキシコのタコスっていう料理の具をライスに乗せた、もの？」

「騙された……でもんまっ！　名前は紛らわしいけどこれ好き～」

味覚は案外普通なのか。ここのメシをうまいと感じるなら食事の気は合いそうだ。話を戻そう。

「んで、真性と仮性がいて？」

「むぐ？　ん～……仮性は基本的に呪いだから不自由なんだよね」

不自由、か。だとすると、なにか制限でもあるのか。

「呪いの発生条件的に、かかるのは処女の女の子がほとんどなんだけど、一ヶ月間はどの属性に転ぶか、選択期間があるの。むぐむぐ……まぁそのー、温情？」

「呪いに温情とかよくわからんが」

手帳を取りだした柵がネムの言葉を書き取っていく。真面目か。……いや、そりゃ真面目にもなる。自分の一生にかかわる話だもんな。

「ネムちゃん、それはもしかして期間内に私自身で専属か野良か選べということ？」

「そうそう。しのーあったまいい～♪」

ネムがすげー勢いでタコライスとポーク玉子を平らげていく。

「じゃあ、七里くんに、しょ、処女を……捧げたら……専属」

「うん。呪いの原因、この場合は儀式の実行者であるお兄ちゃんに処女を捧げたら一生専属。ご主人さまの精液しか効果がなくなっちゃう。そんで仮性でもサキュバスだから、精液もらえないと死んじゃう。ご主人さまが死んだら自分も飢えて死ぬ」

マジで究極の不自由だな。生きるも死ぬも俺次第って意味じゃねぇか……。

「ネムちゃん、それって……『精液提供者を限定する』以外の制限はあるの？」

「ん？　ご主人さま以外とセックスできるか、みたいな？」

提供者って敢えて堅い言葉を選んだんだろうけど、ネムのほうは『生きる』＝『セックス』みたいな感覚なんだろう。サキュバスだし。

「誰としてもいいけど、たぶんなにも感じないよね。意味がないから」

「そうなんだ……」

意味がないってすげぇ断言だ。それってつまり俺以外の人間とセックスしても気持ちよくすらなれないって……そういうことだよな。

「あーでも、ご主人さまが命令して他人にヤられるってときは違うかも？」

「えっ⁉」

めっちゃ不安そうに椚が俺を見た。待ってくれ今のは俺が言ったんじゃない。

「聞いた話の中では……寝取らせっていうの？　そういうのを鑑賞して興奮するご主人さまもいるらしいから、ご主人さまを満足させてるっていう愉悦はあるかもね。ネムからしたらイミフメーだけど、それはもうご当人たちの特性？　性癖次第？」

……おい椚、それもメモるのか。

「じゃあ……日常生活で困りそうなことは？　あるのかな？」

「そうだなぁ。ご主人さまには自分の欲望を隠しておけなくなるよね」

「……‼　ひ、秘密を持とうとすると罰がある、とか？」

「そゆのはないけど、欲望の実現は搾精の質を高めるから、言わない選択がない」

こんなえっちしたいって本能で求めるようになるわけか。エロい……。

「専属はご主人さまに完全に合わせた身体になるから、そのぶん、最初から質のいい精液吸収になるんだけど、欲望はほら……無限大？　まぁだからどこまで言わずにいられるかは意志力次第だよね」

「…………そ、そう、なんだ」

『七里くん→専属』とメモされたページにはしっかりさっきの話の要点を捉えた『今後あるかもしれない可能性』が追記された。

そして次のページに、少し震えた字で『それ以外→野良』とつけ加えられた。

「じゃあ野良は!?　必然的に、野良は七里くん以外にはじめてを捧げたら……ということになるよね。すると、どうなるの？」

「生きていくのに精液が必要っていうのは同じだけど、誰の精液でもよくなるよ。しのーみたいにもうサキュバス化は避けられないけど『こいつと一生なんて絶対ヤダ！』っていう場合はそっちを選ぶかな」

ああ、うん。そっちですね。はいはい、わかってます。ただでさえ、栩の幼なじみである俺は、栩のステータスの汚点でしかない。それは栩の母親からもはっきり言われている。

なのに、セックスするだけでなく生死に関わる運命共同体になんて最悪だよな。

だけど……だけどもし、栩がほかのヤツとする前に俺が無理やりにでもしてしまったら……それもやっぱり専属になるのか？　そんなどろりとした考えが、腹の底で蠢いた。

「でもねぇ、真性ほど搾精能力高くないし、専属みたいに結びつきがないから燃費悪いんだよね。個体差あるけど、たぶん専属の五倍は搾精しないといけないんじゃないかなぁ」

椚の手帳にペン先が押しつけられてインクがにじんだ。

　一生俺とはイヤだろうけど、五倍セックスっていうのも相当アレだ。

「えっちが好きなら苦にはならないだろうけど、逆に歯止めが利かなくなって犠牲者出すこともあるからヤバイんだよね～」

「っ……⁉　サキュバスはえっちで人を殺しちゃうの⁉」

「そういうこともたまにあるよね。精液精液って飢えて我を失っちゃうと限界以上に吸いあげちゃって『ウッ！』みたいな。やりすぎてみんなに迷惑かけると長老様たちにプチって消されちゃうから気をつけて」

　プチって……。いや、待て。サキュバスの世界には身分の上下があるのか。

「それってサキュバスは常に監視されてるってことか？　椚みたいなケースでも？」

「よくわかんないけど、長老様たちは人間との共生？　っていうのを目指してるから、悪目立ちしちゃいけないんだって」

「野良じゃなくて専属だとどうなんだ？　長老様とやらにどうこうされるのか？」

「うんにゃ。専属はご主人さまがいないとそもそも生きられないから、なにがあろうとご当人同士で」

　おずおずと、椚が挙手した。

「その『専属は』っていう話で引っかかっていることがあるんだけど私も聞いていい？」

「もちろん」

「七里くんはもともとネムちゃんをそういう専属サキュバスにと思って召喚しようとしたんだよね？　ネムちゃんは七里くんがもしも死んでしまったら生きていられない。そんな不利な召喚に応じるものなの？」

「あー。ごめん、しのーのことを話してたから、そこの違いが抜けてた。真性と仮性は条件違うから。ネムの場合は契約解除になるだけだよ」

「自由っていったらまぁ専属か野良かを選択する自由って話に戻るかなぁ」

「前提から、違うんだね……呪いでサキュバスになった者には自由なんてないんだ……」

ネムも野良を選ぶだろうと予想してたし俺もそう思うから、実質選択の余地なんかねぇんだよ。椚が『自由はない』って結論に至ったのは当然の結果だ。

「野良で気をつけたほうがいいことってあるのか？　言い忘れたとかナシにしてくれよ」

「えー？　んーとねー、人間社会ってめんどくさいし、捕まらないようにすることかな」

「なんだそれ……ああ、表面上は人と同じように暮らすから法律に反することをして捕まるかもってことか。でも『選択』が完了したらネムみたいな認識操作ができるんだろ？」

「ネムはほら、ハイスペックだから思いどおりにできるけど、後天的な仮性ちゃんは意識しておかないと途切れちゃうことがあるかも？　特にせーえき足りないときとか」

俺を見た椚の目が『ありがとう……っ』って感じに潤んだ。控えめな椚じゃ突っこんだ質問はできないかもしれないから、そこへの感謝だろう。めっちゃメモってる。

「せ、精液が足りないときは充分に力を発揮できない、ということでいいのかな？」

「それもあるし、判断力がゼロに近くなるからね。とにかくせーえき欲しいで頭いっぱいになるから警戒心もなくなるでしょ。だから今日、お兄ちゃんにそろそろヤバイよって教えてあげたんじゃん」

我慢し続けて限界を超えたら、公衆の面前だろうと構わず俺を裸に剥いてむしゃぶりついてくる、かもしれないと。俺の知る栁からはとても想像できん……。

「どっちの選択もリスクがあるんだね。怖いな……」

「あえ？　専属の選択もまだ生きてるんだ？　まぁ、どっちにしてもしのーは向いてると思うよ。お兄ちゃんのサキュバスになったら、えっちな姿全開で見せてくれそう」

「そんなこと……」

……おい、きっちり否定しないのか？　マジか、栁。

「ま、しのーの処女は、あげたい人にあげなよ。ただし、一ヶ月以内にね。その間は処女を失わないかたちでお兄ちゃんの精液を摂取すれば、保留状態でいられるから」

「選ばないまま期間を過ぎちゃったらどうなるんだ？」

「死ぬ」

「死ぬ……」

さらりと言いやがった。

「一ヶ月しかないんだ……」

命にかかわる上に、専属だとしたら相手は俺だもんな。俺だって七里孝史を選べって言われたらいっそ死ぬって考えるかもしれない。

けど、椚がそこらの男とセックスしまくるというのは……なんか、それは……。

「七里くん、どうしたの怖い顔して？」

「っ……なんでもねーよ」

椚の決断以前にこっちから犯して俺のものにしてしまうという黒い思いつきを、どうにか頭の中から引き剥がす。取り返しがつかないことにはなにも変わりないけど、そこまでしてしまったら椚は確実に死を選ぶ気がする。

ふと見ると全員の皿が空になっていた。ポーク玉子はほとんどネムが横からさらってた気がするが。

「そろそろ出るか」

「ネムはもうちょっとここにいるからふたりで帰っていいよー、とあからさまに気をまわしてあげるのだった」

「ね、ネムちゃんっ、それは……！」

「あのさー、ネムがここまで丁寧に教えてあげてんのにまだ『せーえきちょうだい』って言えないの？　しのーに死なれたらこっちも困るんだけど」

「……ごめんなさい」

「困るってなんだよ」

「う～……だから言ったでしょ。長老様たちは人間との共存を望んでるって。死なせたらめっちゃ怒られるじゃん……」

　サキュバス側にも事情はあるわけか。

「だいたいお兄ちゃんがちゃんと召喚してくれればネムがサクッと搾精してヤッターみんな大満足！　ですぐ終わったのにさ、いい迷惑だよ」

「お、おう……すまん。って、サキュバスの時間感覚はわからんけど、俺が死ぬまでってすぐ終わるって感じなのか？」

「きっぱり言っちゃうとアレじゃ仮に成功してても一ヶ月が限度だよ。ザコ召喚」

　そんな……。そんなのってアリかよ。

　じゃあ俺はたかだか一ヶ月の快楽のために椚の一生を……？　一生分だったら申し訳が立つってわけじゃないけど、これじゃあまりにも。

　おそるおそる椚を見たけど、その表情からはなにも読み取れなかった。

第三章 発情

ネムにある程度お金を持たせて追加注文できるようにして店を出た。おばちゃんには持たせた額を教えてそれ以上食べようとしたらストップしてくれと添えて。

帰りの道は重苦しい気持ちに引きずられるように夜の暗さへと傾いていく。

「もうどっちにするか決めてんのか？」

専属にならなくても選択までの間は俺から精液をもらわないといけないとネムは言っていた。それなら、椚の意見を聞かないといけない。

「……まだ、わかんない。こんなのはじめてだし」

まあ、専属でも野良でも椚にとってはツラいよな。

「七里くんはどうしたらいいと思う？」

「どうって……。巻きこんで迷惑をかけてる俺にそんなこと言う資格ないだろ。専属にしろ野良にしろ、これ以上他人に人生決められたらおまえが後悔するだろ」

「そ、そうだよね。……ごめんね」

なんで、おまえが謝るんだよ……。そういう性格だってのはわかってるけど、謝られると責められるよりキツい。さっきから、ずっとうしろにいて歩くのも遅いし。俺と一緒にいるのがイヤだったらはっきり言ってほしい。

「なあ、栩……。精液提供以外にも俺にできることがあればするから――って、おい⁉」

街灯の光で栩の顔がめちゃくちゃ赤くなっているのがわかった。

「栩、おまえ、具合悪いのか？」

「ちょっと……。なんか、お店出てから急に身体が熱くて」

話しながらも、はぁ、はぁ、と息が荒くなる。明らかに様子がおかしい。

「悪い、気づかなくて。これってやっぱり……そういうことなのか？」

「そう、だと思う……っ」

「おまえん家までもうすぐだけど」

「この状態で帰れないよ……」

そう、だよな。倒れそうなのを手を繋いで支えたが、栩の手は握り返すことも満足にできないみたいだ。それだけでなく、さっきよりも足取りが重い。

よろよろと歩くも、途中で座りこんでしまった。

「な、七里くん……私、もう……」

「お、おい、栩」

やばい。栩の身体、ありえないくらい震えている。

「しっかりしろ、栩」

「せ、せいえき……」

「えっ」

切羽詰まったように、栩はすがるように俺の腰にしがみついた。

「せいえき、ちょうだい……」

『しのーちょっとヤバめだよ』

サキュバスとしてのネムの観測は正確だったわけだ。どうすればいい。精液をあげるにしても、ここじゃさすがに……。

「七里くん……。も、もう……苦しい、の。助けて」

迷っている暇なんてない。

栩を連れて路地裏へと移動すると、俺はすぐさまズボンをおろした。

「栩、こんな場所で悪いが我慢してくれ」

「七里くんの、おちんちん……」

栩は息を飲んで、チンポを見あげる。でも、すぐに顔を近づけ、チンポを咥えた。

「ちゅる、ちゅる……んっ……」

「ッ……」

嘘だろ……。あの、生真面目な栩が俺のチンポをしゃぶっている。

「じゅるちゅる、ちゅる、ちゅるるる、ちゅぷ」

栩の口が小刻みにキスをするように根元から亀頭へ這いあがってくる。

「んんっ……ぢゅる、ぢゅるる、むちゅるるる、ぢゅる」

「くっ、んあっ」

　俺に縋りつくほど精液欲しがるとか、どんだけ呪いがキツかったんだよ。

膝立ちで俺の股間に顔を埋めて、亀頭に必死に吸いつく椚の姿に、なにも見えてなかった自分に腹がたつ。

それなのに、こんな非常識な状況のせいか、チンポは興奮で硬く滾る。

ムクムクとチンポは大きく反り返り、椚の口から勢いよく飛びだした。

「ああっ、おちんちん、出ちゃった……」

そんな切なそうに声出して、チンポ見るなんて……。俺の中に築きあげられていた椚のお堅いイメージが音を立てて崩れていく。椚をこうさせてしまったのは俺なんだ……。

椚は上気した顔で目を蕩けさせながら俺に言った。

「七里くん……。わ、私に、精液ください」

俺の知らない、女の椚がそこにいた。

「い、いいぞ」

許可しただけなのに、背筋がぞくぞくと震えた。

戸惑いが一瞬で度し難い支配欲に変わる。

「はぁむ……んっんっ……ぢゅるるっ、ぢゅる」

荒い息を吐きながら、椚は口を大きく広げると一気にチンポを飲みこんだ。

「は、あぁ……」

熱い粘膜と舌が、チンポを絞るように絡みつき、唾液が跳ねる。

「むちゅ、ぢゅぷ、ぢゅぷぷ、ぐぷ」

サキュバスになったからって、こんなエロいことをいきなりできるものなのか？

「く、榊、ちゃんとやるから、少し落ち着け」

俺の声なんて聞こえないのか。榊はもっともっとと顔まで動かしはじめる。

「んんっ、ぐぷ、じゅぷ、ぐぷぷ。ぢゅぷぢゅぷぷぷ」

やばい……。オナホでシゴくより、ずっと熱くて生々しい。

榊の舌が、粘膜が、喉が、俺のチンポにねっとりと絡みついてしゃぶりあげる。

腰が、今にも溶けそうだっ。

「んぐっ、んんんっ……な、七里くん、んあああっ」

「くそっ……そんなにしたら、腰が動いちまう、だろ……っ」

踏ん張って耐えようと思ったのに、榊の口がチンポを包むように啜るせいで煽られる。

「んあっ、だ、だめだ榊……。やめろ」

「い、いいの。……このまま、わ、私の喉に、射精して」

俺の腰が動いてしゃぶりにくいはずなのに、榊の口は喉奥までチンポを入れようと必死に吸いついて離さない。

「な、七里くん……。奥に、出してぇ……は、早ぐ」

や、ヤバイ……。これ以上は、ダメだ。

「んぐっ‼　んんんっっっ、ぐぷ、ぐぷぷ、」

椚の頭を両手で抱え、一気に喉奥まで突っこんだ。

一度ではない。何度も、腰を突きこんで、どんどん加速させながら喉を犯す。

「んっ、んんっ、んぐ！　……ぢゅぽ、ぐぽ、は、やぐ、んんんっ！」

目じりに涙をためるほど苦しいはずなのに、椚は嬉しそうにチンポに吸いつく。

「っ、ぢゅくるるるっ！　んっ、んっぐぷ！　るる……ぢゅるぷ……」

こんな、喉奥まで使って、深く咥えられたら、耐えれるはずない。

「く、椚ぃ、だ、射精す！　射精る‼　くっ、あああああっ」

勢いに任せるまま突きあげ、一気に喉奥へと精液を叩きつけた。

「んぐ！　ぐぷっっっ！　ぢゅるっ、ぢゅぷるるるるる……んっんっんんんん」

大量の精液を椚は飲みこもうとするも、飲みこめなかった精液が口もとから溢れる。

「ぢゅる、ぢゅるるるる、ちゅる、ちゅるるるる」

顎や喉だけでなく服まで精液が垂れて汚れていってるのに、椚は最後の一滴までチンポを吸い続けた。

「ん、んんっ……んんっ。ぷはっ……」

嘘だろ、椚……。これ、本当にはじめてなのかよ。

想像以上の性欲を見せつけられ、椚がサキュバスになったことをイヤでも理解した。

こんなにエロいのは、呪いのせいだよな?

選択までの猶予は一ヶ月。こんなの味わわされて、もし、椚が俺以外のやつを選んだらどうなるんだ、俺……。もし、なんて言えるほどの可能性が残ってるのか? そんなわけねぇだろ……。だ、だったら一ヶ月の間に……。

ふぅふぅと息を整えるなか、恍惚としていた椚の顔がみるみる白くなる。

椚の口から呻くような声がでた。

「ううう……わ、私、七里くんに、なんてことを……」

「き、気にすんなよ……むしろ、こんなになるまで放っておいてごめんな」

「でも……私、こんな姿、七里くんに見せたく……。ううう」

「椚は悪くない。全部呪いの」

いや、呪いじゃない。俺のせいだ。それなのに、俺は自分勝手なことばかりで。

「やだ……七里くん、きらいにならないで」

椚が泣いているのに、なんで俺、ホッとしてるんだ？　きらわないでっていうのは、椚の尊厳が崩れるところを俺が見てしまったからだ。その混乱から、きらわれたくないとい
う誰もが持つ感情が制御できずに溢れているだけで。俺こそ、椚にきらわれる理由が充分すぎるほどあるんだから、本当は俺がそれを懇願しなければいけないのに……。

「大丈夫だ。今日は事故みたいなものだ。だから、椚が泣く必要はない」

「あんな恥ずかしいことをたくさんして……」

「今の椚はサキュバスなんだ。だから、仕方ないんだ」

「仕方ない……」

「そうだ。椚はサキュバスになったのに、精液をとらなかったからこうなったんだ」

さっきより、落ち着いたのか。椚は涙目で俺を見つめる。

「……また、こんなふうになったらどうしよう。学校や家でなったら……」

「そうならないよう、俺が毎日、精液をやる。だから、もう泣くな」

「七里くん……」

「そんな格好じゃ帰れないだろ。俺の家で少し、休んで帰れ」

「うん。……ありがとう」

ようやく安心したのか。椚は黙って俺についてきた。

正直、今の慰めの言葉に中身なんてなかっただろう。

この先、椚が落ちこむたびに空虚な言葉でごまかすのか？

それとも椚が納得できる言葉をかけたいっていうことが、そもそも思い上がりなのかな。

◆

放課後は椚に精液をあげる時間になった。

あの路地裏のフェラから一週間――。

毎日精液をやり続けた椚はだいぶこなれたと思う。

「ななひゃとくん、んん、ちゅぷちゅぷ」

椚が夢中で亀頭に吸いついている。

「すごいな……昨日も、あんなに飲んだのに、一回だけじゃ足りないのか」

「だって、精液飲めるのは一日に一回だけだから……。授業中ずっと、ツラくて」

「授業より精液って……。エロイな」

「サキュバスは……んちゅ、精液がごはんだから、むちゅちゅ、おかしくないよ」

「そうだけど」

優等生の椚が精液に夢中なんておかしいだろ。

こんな空き教室で、膝立ちで俺のチンポ吸ってるなんて、誰も思わないだろうな。

「明日も、普通に過ごしたいから……。今日も、たくさんちょうだい」

はじめてのときの痴態がよほど恥ずかしかったのか。

椚は奪うような搾取はしない。その代わり、味わうようにチンポをしゃぶった。

「むちゅう、ちゅううう、ぢゅうる、ぢゅるるるっ。んん……ぢゅぷ、ぐぷぐぷ」

チンポを愛でるように、舌と唇で存分に舐めて、撫でる。

精液のためとはいえ、このチンポの咥え方……チンポの虜って感じだな。

「あぁ……七里くんのおちんちん……。私の口の中でビクビクしてる」

「こんだけ、吸われて反応しないほうがおかしいだろ」

亀頭がふやけるほど、唾液で撫でられたらチンポも味を占めるさ。

やべぇ、椚の吐息が当たるだけで、チンポ破裂しそう。

むしろ、俺のチンポが椚に夢中だ。

「こんなっ……んぐっ、暴れられたら……。は、はやく、精液」

「はぁ、はぁ。そうか。じゃあ好きに動いていいぞ」

「うん……あむ。んっんん」

嬉しそうにうなずくと、椚は一気に喉奥までチンポに吸いついた。

さっきまで、授業の受け応えをしていた口が、今はチンポでいっぱいになっている。

「んっ、んんっ、んんん……ぢゅぷぢゅぷ」

チンポ洗われているみたいだ。

睾丸が椚の顎に当たっているのに、椚は気にすることなくストロークを続ける。

「ぬぷ、ぬぽ、ぐぽぬぷ、むんんん」

椚の頭が動くたびに、腰も揺れてる。

最初は気のせいかと思ったが、日増しに腰の揺れっ……激しくなっている。

サキュバスだからだよな……。

精液の摂取という理由がなければ、椚が俺の隣にいるはずない。

ましてや、俺なんかとエロいことなんてしたくないはずだ。けど、毎日、夢中でチンポしゃぶられ続けたら、好かれているって勘違いしそうになる。

そんなわけねぇ。今、俺の隣にいるのは、精液をもらうためだ。

「ぢゅるるるる、ぢゅぷるるる」

「あっ、ああっ……」

なんで、こんな生温かくて柔らかいんだよ。口でこれなら、まんこは……。

ダメだ。そんなことしたら、今度こそ……一生恨まれる。

ほかに選択肢があるのに無理やりにでも俺のサキュバスにしたいとか、そんなの……。

「く、椚……飲んでくれ、俺の精液を……飲め」

椚の頭をつかみ、根元まで口にはめ、射精した。

「うぐっ、ぬぶ、むぐ。ごぷごぷ。じゅる、じゅぷ、じゅるるるるううううう」

「ぜ、全部、全部飲むんだ、早く」

椚が顔を動かしながら、口全体で精液を飲みこんでいく。

「はう、はう。ちゅる……れぷ、れろれろ。……ふぅ……な、なしゃとくんの、せえーき
おいひっ……ぴちゃ、ぺろ……」

射精が終わったのに、楙はフェラをやめない。

「れろれろ……ん、ぷちゅ」

萎んだチンポすら、楙は嬉しそうに舐め続けた。

◇

スカートの中が熱い。

家に帰ると、制服と一緒に下着も着替えるようになった。

「ぱんつビショビショ。それに、おまんこも……」

七里くんのおちんちんをめたあとはいつもツラい。

精液で満たされるどころか、飲んだ瞬間、次の日の放課後が待ちどおしくなる。

私……本当にえっちだったんだ。口だけでこうなら、おまんこでしたら、きっと……。

「ぁあ、ああ……やだっ」

きゅんとおまんこが疼く。ううん、本当は七里くんのおちんちんを舐めている間、ずっ
と切なかった。

「私……七里くんのサキュバスになりたいんだ」

七里くん以外の人とセックスするなんて考えられないし、正直、怖い。

「だけど、私がこんなにもいやらしいということがバレたら……きらわれるんじゃ……」

七里くんは優しいから、私をサキュバスにした責任をとろうとしてくれる。

私がはじめて精液を飲んだときみたいに、暴走しないように毎日、私に精液をくれる。私があの路地裏で暴走して、泣いたときも『大丈夫』って言ってくれた。

きらわれていると思ってたから、それがすごく嬉しかった。

「もし、七里くんが私のこときらいじゃないなら、私——ひゃっ!!」

突然スマホが鳴り響いたので、びっくりした。

「あれ、この番号って七里くんだ。どうしたんだろう」

電話に出るのが怖い。でも——。

「もしもし、七里くん?」

「残念でしたーネムでーす」

「あ、ああ……ネムちゃん。どうしたの?」

「そろそろ、どっちにするか決める頃かな〜って思ったから連絡したの。あ、お兄ちゃんはお風呂入っているから、この電話は知らないよ」

「……ネムちゃん、それならお願いがあるの」

◆

部屋で寝てると、玄関のほうからガチャ、ガチャと騒がしい音がした気がした。

「ん……ネム……か？」

出かけるって言ってけど、真夜中に帰宅かよ。ネムらしいといえばらしいが……。

すでにネムの寝床はロフトと決めた。寝ておくか……。

部屋に入ってきたのか、足音が大きくなった。

「っツ……。はぁ……はぁ……」

すげー息遣い……。発情してんのか？


「七里くん、起きて」

「んぅ……」

あれ、いつの間に……。っていうか、誰？

さっとカーテンを開けられ、眩しい陽射しが顔に当たる。

「おはよう、七里くん」

「え？　……栴？　……なんでいんの？」

「昨日、ネムちゃんが来てくれたときにお願いしたの」

ネムが？　昨日、出かけたとこって栴の家だったのか？　でも、なんで？

「あいつ、変なこと言わなかった？」

「そんなことないよ。むしろ、サキュバスについて色々アドバイスしてくれて、助かっちゃった」

偉そうに説明するネムの姿が目に浮かぶな。

「その……次の日まで精液飲めないのがツラいって相談したら、ネムちゃんが『お兄ちゃんの家でしなよ』って鍵渡してくれたの」

栩の手には、ネムに渡しといた俺の家の合鍵があった。

俺がいつもネムと一緒にいるわけでもないので、念のために渡しといたものだ。

「そういえば、ネムは？」

「ネムちゃんは……私の部屋で寝てます」

「それ、おまえん家がパニックにならないのか？」

栩は大地主のお嬢さまだ。そのうえ一人娘なのもあり、家族が心配性すぎるとこがある。

昔、栩を遅くまで自転車で連れまわしたら、誘拐騒ぎで警察沙汰になっていた。

そのせいか、どうしても警戒してしまう。

「それは平気。大丈夫なように理由作ってあるし、ネムちゃんならそこにいるのが当たり前になるから」

ああ、そういえばそうだった。あいつ、スパイ組織とかで大活躍できるよな。

「そ、それにね……ネムちゃんの前でするのは、こうなった私でもやっぱり恥ずかしい」

と言いつつ栩の視線は股間に集中しはじめる。仮にネムがいても、どうでもよくなるんじゃないかという気がする。

「すごいね……。朝からこんなに、大きくなるんだ……はぁはぁ」

美人が息荒げんなよ……。発情したときの椚って、普段の生真面目さとのギャップがすごすぎて、ビビる。

「言っとくが、これは生理現象だからな」

「わかってるよ。でも、こんな大きなおちんちんを見たら、すっごくドキドキするし、えっちな気分になる」

ふぅふぅしてる……。さっきより息、ましになったけど、熱出たみたいに顔赤くしてる。それにさっきから、もじもじして……。ん？　椚の足、なんか垂れてるの……って、あれって……マン汁だよな⁉　もしかして、セックスしたいってことかなのか⁉

「これはおまえのために勃起したものじゃないし、いやらしさなんてない」

「……」

そこで黙るなよ。おまえがどうしたいかわかんないと、こっちも困るんだよ。

「…………ごく」

あー、生唾飲むとか……。緊張するだろ。

俺の家に来ちゃうほど我慢できないとか、エロすぎるし。

……まじで俺までエロい気分になってきた。これって、誘われているんだよな。学校じゃなくて、俺の家まで来たってことは、そういうことを覚悟してきたってことだよな？

もう押し倒してよくないか？　だってそうだろ。膝までマン汁垂れ流しながら、俺が起きるまで待っていたんだから、セックスしていいはずだ。膣内射精、期待してるんだろ。けど、ここで襲っていいのか。発情してたら、まともな判断力は失うと聞いている。頭がクリアになってから、そんなつもりなかったのに……なんてことになったら最悪すぎる。

俺がこんなに悩んでいても、椚はうつむいて俺の股間を見るばかりだ。

「椚、メシとかどうすんだ。俺、コンビニ寄るから準備できたらすぐ家出るけど」

言いながら制服に着替えていく。

登校を意識させて優等生な椚を呼び覚ますつもりが逆効果だった。『メシ』という言葉で精液もらえると思ったのか、椚は目潤ませて口を開いた。

「あ～もう、わかった。ちょっと待ってろ」

チンポ完全にフル勃起しちまった。どうせ射精すなら、椚に飲ませて落ち着こう。

椚の視線が落ち着かないし、一応背を向けるか。ズボンをおろして、チンポをシゴいていると椚の吐息がやけに大きく聞こえた。

「ふぅ……ふぅ……」

「は？」

やけにでかくないか椚の声……って……。

「な⁉」

なんで真後ろに⁉　ってかその顔、サウナあがりか‼

「はぁ、はぁはぁ」

顔赤くしながら、息荒げて抱きしめるとか。完全に不審者じゃないか。

「く、栩、落ち着け。……ちゃんと、やるからぁあああああああ」

背中から顔滑らすな！　しかも、なんでお尻でとまる!?

「はぁ、はぁ……。ふうふう、すぅううう」

この息、吐息だよな……。お尻に当たるのは吐息だけだよな。そうだよな!?

頼むからこの熱い息は栩の吐息だけだと思わせてくれ。

「ど、どうしろってんだよ……ていうかおまえの息でおしりめっちゃ熱いんだけど」

やばっ……お尻の穴に栩の吐息がかかって、ぞくぞくする。

しかも、いつの間にか手が俺のチンポに移動しているし。

こんな、チンポとアナルを人質にとられたら、動くにも動けねぇ。

うぅっ！　先走りで濡れた手でちゅくちゅくとねっとりシゴいてくる……。

「このまま出せばいいのか？　マジで変な感じで気持ちいいから出ちゃうかもしれないんだけど……」

栩の熱い手と吐息のせいで、俺のチンポだけでなく下半身はいつ爆発してもおかしくない。もう完全に栩に俺の性感帯を開発されている。

「……だめ……っ」

ずっと俯いていた栩が俺を見あげ、立ちあがる。

「……今日はそういうのじゃ、なくて。私を、あなたの……あなただけの……ものに」

「あなただけのものって……」

なに、スカートの裾を持ちあげて……ぱ、ぱんつ履いてない……!!

「セックス……してほしくて、来たから」

◇

七里くんとセックスする。七里くんに本当の私を、私のいやらしい部分を全部見せて、おまんこに射精してもらう。

七里くんの部屋に真夜中に忍びこんでから、朝までずっとそればかり考えていた。

考えているだけではない。待っている間ずっと、私のおまんこはおちんちんが欲しくて疼いていた。

私はもう、七里くんのおちんちんなしじゃ生きていけない。

そう実感すると、身体の震え以上に胸が高鳴った。

それは、七里くんが起きた今も続いている。

七里くんが熱いまなざしで私のおまんこをじっと見ている。興奮しているのか。さっきまで私が握っていたおちんちんが天に向かってびくんびくんと硬く反り返っていた。

「な、七里くんの精液を私のおまんこに射精して」

私は七里くんのベッドに横たわり、両膝を抱えながら足を開く。

「もう……オナニーじゃ我慢できないの」

私のいやらしさで煮詰まったおまんこを晒すと、膣口から唾液みたいに愛液が流れでた。

はじめて……本当の自分を見せている。

ぱんつを履かないで七里くんの家に来たこと。おちんちんが欲しくておまんこを濡らしていることも。オナニーが大好きなことも。全部、私の恥ずかしい姿だ。

誰にも知られたくなかった私を、小さい頃から私を知っている男の子に見せている。

こんな……恥ずかしいのに……どうしてこんな……気持ちいいの。

「お願い……七里くんのおちんちんが欲しいの」

シャツをまくって乳房を見せると、張り詰めた乳首がぷくりと硬くなる。

「私のおまんこを……ううん、私の身体全部……七里くんの精液で汚して」

腰を揺らしながら、私はおちんちんをねだる。

七里くんが知らないえっちな私……。えっちな私の身体を……見て……。

興奮でおまんこの花びらが開いて、クリトリスが見えている。愛液をこぼしながらうねるおまんこを見せつけながら、私はお尻を高く捧げた。

「七里くんの、おちんちんを……私のおまんこに……ください」

戸惑っていた七里くんの目は、いつの間にかぎらぎらしていて、じっと私のおまんこを見ている。幼なじみの男の子が私に欲情している。

あぁ……おちんちんがあんなに大きく……こんなの……もう……イっちゃう。

おまんこにまとわりつく視線だけで、腰をくねらせてしまう。

はぁはぁと荒い息をあげながら七里くんが興奮したように私の腰をつかんだ。

「ひっ」

七里くんの逞しいおちんちんが、ずぶりと私のおまんこ割れ目に挟まれる。

とうとう……挿入されちゃうんだ。

「ぁあ……ああっ……」

嘘……っ、どうして、おまんこでおちんちん……シゴくの。

何度もおかずにした男の子のおちんちん。剥きだしになった赤黒い先端が迫るように前後に動いている。挿入されてないのに、おちんちんの動きに翻弄されちゃう。

「こんな……七里くんのおちんちんが……私のおまんここすって……はぁん、あん」

にゅちゅにちゅと七里くんの先走りと私の愛液が混ざりあう。目の前の光景といやらしい音、私は足を開いたまま悶える。

自分でこするよりずっと……気持ちいいなんて……。

「んああっ……そんな深く抉ったら……んひぃい」

粘膜をこする動きが速くなり、先端の開いた傘が引っかかる。

「ああっ……もっと……もっと……深く強く……し、ひゃあぁん」

高まった私の身体は敏感になっている。おちんちんに浮き出た血管にまで感じている。

太くて硬い、おちんちん……こんなにビクビクされたら……私、わたしっ。

「っ……椚のおまんこ気持ちよぎて……俺っ」

ぐんと方向を変えたおちんちんが、あそこに当たる。

「ああ……ああ……」

七里くんのガチガチおちんちんが……私のあそこを……。

押し当てられたおちんちんの先端を穴がついばむけど、おちんちんは入ってこない。

先っぽ、熱い……。こんな、こんな……私にビクビクしているのに。

おちんちんを飲みこもうと、私は淫らに腰を動かしていた。

「く、椚……。そんな卑猥な言葉言って、やらしい動きしてまで……俺のチンポが欲しいのか？」

「ぁっ、ああっ……欲しい、ほしいの。おちんちん……膣内に、ほしい、んあっ」

あそこの窪みに、先端が当たってる……。

「ふあっ……やだ、そんなとこ、やっ、ああっ」

ぐんぐんと押しつけられながら、七里くんが息を荒げる。

「い、いいんだな。……椚を、俺の、専属サキュバスにして」

先っぽっ……なか、は、はいってる……。

「し、して！　私を、専属サキュバスに……七里くんだけの……おまんこにして！」

興奮のまま口走ると、ずんと杭に打ちぬかれた。

◆

「ひぎっ……んあああああああっ……」

椚に求められた。

それだけで、迷いは吹き飛んだ。誘惑されるがままぬめる肉穴を貫いていた。

勢いのまま入った膣内を無理やり押し広げて突き進む。

「う、あっ……椚、椚」

こんな狭くてキツイのに……椚の膣内、口よりやわらけぇ。

圧倒的な快感に、腰の揺さぶりが激しさを増していた。

ぶつけるように腰を沈みこませると、極端に狭い部分の抵抗をミリリと突き抜けた。

「っ……なんだ、この痺れ？」

肉圧の締めつけによる快感とは違う。もっと身体の奥底から弾けたように、一気に溢れてくる。椚の処女を奪った。それは間違いない。ということは今の感覚は『専属契約』が完了した、ということなのか。

「ふあああっ……んあああっ、ああ……」

椚の悲痛な声に、微かに悦びの色が混じっている気がした。

顔を歪ませ、ひくひくと膣を引きつらせては処女膜を破られた痛みに耐えている。

「お、おい、椚、大丈夫か?」

痛みに顔をしかめている。それなのに、なんでか椚は嬉しそうに目を細めている。

「ねぇ、七里くん……これって……ぁあん」

上ずった声から快感が滲みでている。

椚も感じているのか……。やっぱり、これって契約が起こしている感覚なんだ。

「あん……だ、ダメ、ダメ、ダメェエエ」

結合した部分が収縮するなか、痺れが広がる。

「……せ、専属になると、こんな……こんな……気持ちぃ、あああっ」

流れこむ痺れに絆されるように、椚の身体が小刻みに震えている。

「あひっ……七里くんのおちんちん、すごい……」

足先まで通電したみたいに、椚がゆっくり足を伸ばす。

「椚、おい、っ……ああっ」

流れる快感を噛みしめて身悶えながら、俺の腰に足をまわした。

潤った肉壁と一緒に結合が深まり、抱きあうよう身体がくっつく。

「はあっ……すごい……。七里くんのおちんちん……こんな、硬くて逞しいんだ……」

もっと、もっと感じたい。そう言うように椚が淫らに腰を揺らす。

やばっ……チンポの凹凸にまで……ぴったり吸いつく。

「はぁはぁ、まんこ……ヤバっ……」

「ひっ、い、今、ピクンって……。おちんちん、ビクビクして……」

熱いぬめりに包まれているせいで、腰が勝手に、動っ……。

「あっ、ああっ……先っぽ……私の膣内っ、こすってて、ああ……」

粘膜のうねりにチンポが飲みこまれる……さっきから、痺れも……増してて……！

「ひぃいい、七里くん、そん、な、強くっ」

こんな締めつけられて、我慢なんてできる、かっ。

「だ、ダメっ！　おっぱい揉んじゃ、ひゃん」

「れろ、れろちゅぷ、じゅるるる」

「あうっ……こりこりダメっ。そんな、舌で、あっ、あっ、あああああっ……」

びゅうっと盛大に潮が噴きでる。

「やだっ……。……見ないで、七里くん」

すげぇ……腹から首もとまで駆けあがった潮で俺の制服、びしょびしょだ。

「椚、えっろ……」

「あう……だって……乳首気持ちよすぎて……。おちんちん以外にも、こんな、こんな……気持ちいいなんて……我慢できるはずないよ」

真っ赤な顔を覆いながら、椚はいたたまれなさそうにしている。

「優等生なのに卑猥な言葉言ったり、ノーパンだったりお漏らしとか……」

「ご、ごめん……なさい。……は、恥ずかしいこと……すると、気持ちよくなれるの」

……それって、今日のためだけじゃないってこと？

「……精液飲んだあと、オナニーしてた？」

椚の目がぱっちり開く。それからみるみる赤くなっていく。

マジかよ……。もしかして、俺、椚のおかずにされてた？　きらいな俺のチンポ思いだして規律正しい生活の合間に、隠れてオナニーしてたってことだよな？　俺が勝手にしていた妄想が実は本当だったってことじゃないか。

「……軽蔑した？」

背筋がぞくぞくした。

「な、七里くん、そんな怖い顔で見ないで……。きらいに、ならないで」

「きらいになんて、なるわけない」

生真面目な椚がオナニーなんて、背徳感を感じる。

「んあっ、そんな、いきなり激しっ……ひゃん、んあっ……」

目の前の椚と妄想の椚の痴態にチンポもフルスロットルだ。

太腿で身体を押さえつけて、子宮口へと突きあげる。

「ああっ……い、イったばかりで……ひゃん、あん！　ああん！」

「椚の……まんこ、ぐじゅぐじゅに蕩けてて、チンポとけそうだ」

「あん。な、なら、これからはいつでも、使って。私におまんこして」

粘液が泡立つ。二人分の粘液が結合部から溢れだしていた。

「やべぇ……エロすぎてイきそう」

「……い、イくなら、私も……。膣内に、いっぱい、射精して」

「……中出しってやっぱり特別だろ？　契約はもう済んだから、無理に中出し選ばなくてもいいと思うぞ？」

「いいの……私はもう……専属サキュバスだから」

……投げやりじゃないよな？　チンポと精液欲しさの消去法で俺を選んだ？　そこはまだわからない。情けないが俺にそんな心の機微がわかるわけがない。

「これから……ずっと七里くんといるために……おまんこでイきたいの」

ぐい、ぐいとお尻を浮かせて、必死にチンポを飲みこもうとする。

射精の衝動を必死で抑えるも、膣奥と小陰唇に吸いつかれて、引くに引けない。

専属にしてもこのままじゃ、妊娠も……。いや、サキュバスってその辺どうなんだ？　今さら、愛液に混じった赤い血に責任を感じる。

「大丈夫、だから。人間だった私の処女……最後まで……七里くんにもらってほしい」

迷いのない梻の目に、逃げようとしていた自分に気づいた。

「お願い。七里くんじゃなきゃ、ダメなの」

……梻が、選んでくれたなら応えなきゃ。

「ああっ……おちんちんが、おちんちんが……ガンガン突いて！　私のおまんこ、七里くんのおちんちんの形になっちゃう……」

打ちつけては跳ねる腰を、椚は逃さないようにお尻をうねらせ、はめこもうとする。

「ふぅ……はぁ……椚のまんこ、熱くぬめってて本当に気持ちいいっ」

「はぁ、ふあぁ……ほ、本当？　なら、これからは、毎日おまんこして……。おちんちん、おまんこでおしゃぶりする」

「だ、大歓迎……だ」

弾みあう腰を一方的に押しつけ、子宮を目指して抉った。

「んあああぁ……おちんちん……一番、奥で、先っぽ膨ら、だめっ、だめ……こんなぁ……」

まんこがむしゃぶりついて、限界寸前の衝動が最高潮まで高められる。

「イ、イく……イっちゃう……おちんちんに、サキュバスにされちゃ……んあああぁっ」

「くぅうううう、椚、俺も、もう……っうううううう」

のぼり詰めた椚を追い詰めるように、雄欲を吐きだした。

「あひっ……ダメ、ダメ、今、イって……んっあああああああああっ!!」

びゅくるるるるるるる!!　びゅるっ!!　びゅううぅっ!!

ものすごい勢いで射精している。椚の身体を造りかえるように精液は迸り、まるで子宮が意思を持っているかのように貪欲に射精を受けとめ続ける。

「ぁあああ……あぁ……奥、おかひくなっちゃ……ふぁああ」

快感に圧倒されながらも、なおも淫猥に腰を上げ下げし続けている。

「く、椚……そ、そんな、動いたら……んんんんっ！」

専属契約をしたせいか、さっきから痺れが、快感と相乗効果で全身にまとわりついている。こんなの、やめられなくなる。

「んはあぁ……ああっ……知らなかった。おちんぽ汁……おまんこで飲むほうがおいひいなんて……ぁああ」

射精の勢いが弱まってからも、互いに粘膜をこすりあわせていた。

まるで、結びつきを確認するみたいに。

「私……もう、七里くんだけしか考えられないよ」

恍惚しながら椚は幸せそうに、果てた余韻に浸っている。

「…………ごめん」

椚なら、きっと俺よりもずっと優秀で相応しい相手がいたはずだ。

呪いじゃなければ……俺は選ばれもしない……。

「謝らないで……。私、今、あなただけのサキュバスになれてよかったって心から思ってるから……」

椚が後悔しないのは、専属契約で快楽が高まっているせい――。

「……く、くぬ……」

「んふ……やっぱり、口にもほしっ……ん、ちゅ」

どうしてか。椚のキスは俺を慰めている気がした……。

「ちゅ、ちゅ。ちゅぷ……ちゅ、七里くんの唾液も、れろれろ、おいひ……」

俺の唇に吸いつきながら、梱が妖艶に目を細める。
すさまじい性力と生力を見せつけられてる気がする。それでも……。
今くらいは、抱きしめていいよな。

「やっぱりサボるのはよくないよ。一緒に行こう？」

精液を充分に摂取して冷静さを取り戻した椚は、セックス前とは打って変わって学校をサボることに難色を示した。根っこの真面目さはどんなに身体が変化してエロくなっても変わらないらしい。

「ふたりして現れたら絶対怪しむヤツがいるだろ。さすがにセックスしてたなんて想像するのも無理があるだろうけど、少なくとも『一緒にいたんだな』っていう答えになってもおかしくない」

「私はもう、七里くんだけのサキュバスになれたんだよね？　だったら、ほかの人にどう思われてもいいかな」

「断言してもいいがそれは一時の気の迷いだ。実際にまわりになにか言われだしたら、どう見られているのか気になりはじめる。迷惑をかけてる俺が言うのもなんだけど、椚は今までどおりの生活を続けていったほうがいい」

「……私のこれからのこと、心配してくれてるんだ。ありがとう」

「そこでお礼を言うのはおかしいんだって。どこまでお人好しなんだよ」

そんなやり取りをして、結局時間をずらして行くことにしたんだが、椚の遅刻はネムによってアリバイが成立していた。どうやら登校時間までに自宅へ戻らなかったら、椚の両親を言いくるめて学校へ連絡させることになっていたらしい。俺が遅刻することへの対策は特になしだった。おい、ネム。なんだこの扱いの違い。

「お兄ちゃん、しのーのおまんこどうだった～？」

「ッ⁉」

適当に食いものの感想でも聞いてくるような感じでネムが言うものだから、瞬間的に周囲の様子を確認してしまった。気づいたヤツはいない、と思う。

「キモチよ――むご！」

「だからそういうことを学校で言うな！　誰かに聞かれたらどうすんだよ。おまえは被害受けなくても俺は認識操作に守られてないんだろ」

「えー、もういいんじゃないの？　ネム知ってるよ？　選択したんでしょ？　だったら。しのーの肩抱き寄せて『コイツもう俺んだから』って宣言すればいいと思う」

「そんな小っ恥ずかしいことできるかよ」

「はぁぁ……ほんっとお兄ちゃんってめんどくさいねぇ」

「おまえが短絡的なだけだ」

「まぁ、ネムはそろそろ帰るからいいんだけどね」

「帰るって……お、おいおい随分急だな。それって椚が選択を完了したから？」

「そだよー。最初に言ったとおりね」

「だとしても早すぎないか？　もうちょっと栦が慣れるまでいてやらないのかよ」

サキュバスの身体のことをわかっているネムがそばにいるのといないのとでは、栦の精神的安定が段違いになるはずだ。

「無理無理無理無理無理。ここまで付きあっただけでも褒めてほしいくらいなんだけど。今回はしのーがどうするか決めるまでって命令されたから従ったけど、お兄ちゃんにごはんをねだるなとも言われてるんだよね。それ、ネムにとってはすごいキツいわけ」

「そうだったのか……それは、俺が失敗したからだよな。……すまん」

「う。……まぁネムも？　召喚前に『これじゃダメ』ってちゃんと見抜けなかったから？　ぜんぶがぜんぶお兄ちゃんのせいとは、言わないけどぉ」

……ん？　今なんつった？

「サキュバスの側は召喚の儀式が事前に条件を満たしているかわかるのか？」

「わ、わかんない」

「見抜けなかったって言ったよな？　見抜けるサキュバスもいるってことか⁉　ちゃんとしてるサキュバスだったらこんなことにならなかったのか⁉」

「～～～～ッ！　ネムまだ見習いだもん！　そんなのわかるわけないよ‼　なんでそんな詰め寄られなきゃいけないの⁉」

詰め寄ったつもりはなかったけど、確かに覆い被さるようにたたみかけていた。

「自分のせいじゃないって思いたいんだったら、ネムが悪いかどうかナナリーに聞けばいいじゃん！」

「なんでそこで先生が——‼」

お互い声が大きくなって、まわりのヤツらが注目しはじめる。栩がおろおろしてこっちへ歩いてこようとしたとき、ナナリー先生が教室へ入ってきた。

「はぁい、皆さん席についてくださ～い。授業をはじめますよ～。七里君とネムちゃんは兄妹喧嘩かしら？　遅刻のこともありますから、あとでお話ししましょうね」

「……は、はい」

「ぶー、遅刻で呼びだされるんだったら、ネムよりしのーじゃないの？」

「栩さんは事前に届けが出ていましたので遅刻に関しては問題ありません。まぁでも朝のホームルームで渡しそびれた配布物もありますから、栩さんも放課後いいかしら？」

「わかりました、ナナリー先生」

これってもしかして……とナナリー先生を見ると、俺の想像を肯定するように先生はうなずいた。サキュバス問題について話すから集合ってことか。


——放課後。

ナナリー先生に連れられて、空き教室へ移動した。俺、栩、ネムだけだ。

「赤崎はいいのかよ？」

「うん……瑠珠には先に帰ってもらった。私から少しずつ話す約束をして。その……瑠珠は性的な知識というか、そういうことへの興味が皆無だから、前回の話もちゃんと通じてなかったみたいで……」

「あいつアホだからな」

「そ、それでちょっとずつわかっていってもらえたらなって」

わかってもらうって……赤崎にそういう知識を仕込んで経験を積ませる、とか？

いや、それはさすがに考えすぎか。

「あんな感じでよかったの？　ナナリー」

「ええ。ありがとう、ネムちゃん。迫真だったわね。というより、本当に喧嘩になりかけていたように見えました」

「だーって、お兄ちゃんが意地悪言うんだもん。後半本気でムカついちゃったね」

さっきのって仕込みなのか？

「ここにきてどういうことだよ。見抜けなかったというのは嘘？　先生に聞けばいいっていうのは？」

辟易した顔でネムがそっぽを向いたので、先生に水を向けた。

「最初はネムでは説明が難しいから先生が整理するって言ってましたけど、さすがにそのレベルを超えてませんかね」

「……そうね。きちんと話さなければいけないようです」

そう言うと、先生の着ていたスーツが、なんだかぼやけた気がして――。

「――!?」

着ているものすべてが光る霧のように細かな粒子となり、俺たちの前に惜しげもなくナナリー先生の肢体がさらけだされた。その直後、俺は全力全開で勃起していた。すぐに背中に羽と尻尾が生えていき、そこを起点にギリギリ陰部を覆うように肌が黒くなっていく。衣服というよりは、なんて言えばいいんだ……ボディペインティングみたいな。肌の色こそ変わったものの、乳首とか、ズル剥けのクリトリスとか、全然形が隠せてない。

ヤバイ、シコりたい……!! 射精したい!!

「百聞は一見にしかずといいますしね。これが私の正体です」

先生は背中の羽と尻尾を動かしてみせた。ネムが冷や汗ダラダラ、いや、ボタボタ落として直立不動になってる。もしかしてこれ、冥土の土産レベルのサービスなのか？

でもそうか、先生がネムなんて足もとにも及ばないような偉大なサキュバスだっていうなら、今までの違和感は筋が通る。

「みんなから清楚清楚って言われてた先生に、なぜか俺だけが強烈にエロさを感じてたのは……」

「七里君には効かないんです」

「認識操作が？　どうして俺だけ？　関係者には効かないというのは聞きましたけど、先生と俺はなにも……」

「私はかつて、あなたのひいお祖父さまと契約していたサキュバスですから。ひいお祖父さまはお亡くなりになりましたが、契約は今もかたちを変えて有効なままなのです」

「ま、マジすか……！」

じゃあ……じゃあ、あの魔導書に書かれてた調教プレイの数々、あの相手がナナリー先生か⁉　この身体であんなドＭ調教受けてたのか。ひい祖父ちゃん……すげぇ。

「ナナリーは大サキュバスなんだぞ！　ひれ伏せ！」

「ネムちゃん、おしゃべりな子はその口で身を滅ぼすのよ。反省」

「ハハーっ！」

ジャンピング土下座……。　椚はぁまりの展開に呆然としている。俺だってそうだ。先生がひい祖父ちゃんと……。

「あ！　え、ちょっと待って先生！　じゃぁまさか、先生は俺のひい祖母ちゃん⁉」

「ふふっ、違いますよ。安心してください。あなたに至るまで七里家の血統は人間だけで紡がれています。ただ、違うかたちで私の力を受け継いでもいる。あなたのひいお祖父さまはたくさんの試みをして、人間の身でありながら私の能力も一部獲得していたの」

「なにそれすげぇヤバイ人だったんじゃ……」

「本当に情熱的で、私を通じてサキュバスの生態を調べ尽くしたのです。人類史上でも指折りのサキュバス研究者と言っていいでしょう。あの御方の人生に寄り添えたことは私の幸運でもありました」

ひい祖父ちゃん……人生ぜんぶそれに賭けたのか。ますますリスペクト……。

「あの……先生、よろしいでしょうか？」

「はい、なんでしょう椚さん」

「ネムちゃんがこうしてひれ伏すほどのサキュバスなら、先生は七里くんがなにをしようとしていたかもわかっていたのでは？」

先生は申し訳なさそうにかぶりを振った。

「残念ながら私もすべてを見通せるわけではありません。途中で気づいたのは事実です。そのときに危ないことをしてはいけないと制止したのですが、七里君は強行してしまった」

それが、あの魔導書をサラッと読めてしまったときか。昔読んだことのある言語っていうのは、おそらくひい祖父ちゃんと長く一緒にいたから……。

「そもそも、あの御方が残した記録を七里君が受け継いでいたということが私にとっては想定外でした。人間側からサキュバスを召喚する儀式のやり方に辿り着くなんて、そうそうできることではありませんから」

「しかも失敗っていうのが厄介だよねー」

ネムの声がくぐもっている。小さくなって反省土下座継続中だからだ。しかし口は塞げないらしい。

「あら、ネムちゃん。まだそうしていたの？　もう起きあがっていいのよ」

「あい」

許しが出るまで床に額こすりつけてるとか俺の見てきたネムからは考えられん……。ネムからしたら、先生こそが『偉大なる』って表現されるような存在なんだろう。

「七里君のことは生まれたときから密かに見守っていましたから、誰かを物理的に傷つけることはしないという確信があって、それが私の油断に繋がったのだと思います。……使用済みタンポンは予想外すぎました……」

「ナナリー言ってたよね。人類史上はじめてだって」

人類史上で天と地ほどの差が明確にされるご先祖と俺……。

「やっぱり俺、死ぬしか」

「だっ、大丈夫だよ！　七里くん！　私が最終的にこうなることを選んだんだから！　それに、私のためにも生きてくれないと」

「あ、ああ……すまん」

「椚さん、本当に『自ら選んだ』ということに間違いはない？」

「はい……間違いありません。よく考えた上で出した答えです。これから先の生涯、七里くんの『専属』であり続けたい。そう思っています」

「そう。ならば私たちはその決意を尊重します。あなたはほかの人の精液を味わったことがないでしょうからピンとこないと思うけれど、七里君の精液はサキュバスにとって非常に質の高いものになっています」

「そ、そうなんですか……」

「ネムが最初にちょっとしゃぶっただけで今までなんとか我慢できてるのがその証拠だよね。あのとき、うわナニコレってびっくりしたもん」

「ええ。精濃度が高く、味わいも芳醇で、なによりエネルギーとして持ちがいい」

先生の顔がめっちゃエロくなって、視線が股間に注がれた。ヤバイですって、それ。

「な、なんでですか。俺にはさっぱり心当たりがないんですけど」

「それこそが七里家の男性に受け継がれてきた私の能力の一部だからです。本来、サキュバスは精液を摂取すると、それを体内で使用するのに適した状態に変換します。人間でいう消化吸収ですね。それは契約を結ぶことで可能になります」

大事な話だ、と思ったのか、椚はまたメモをとりはじめた。

「その契約って私が選んだ専属みたいなことですか？」

「不特定多数との一度きりの性交を重ねることや、真性が行うことのできる夢での接触もまた契約のかたちです。ですから専属だけを指しているわけではありません。前回お話ししたとおり、人間女性が呪いによってサキュバス化を果たした場合は、真性ほどの自由はありません。ただ不幸中の幸いなのは、相手が七里君だったこと。あなたが七里君を主人とすることに納得できたことです」

「七里くんが普通の人ではできないことを無意識にしているということですね」

「そのとおりです。先ほどの話に戻しますと、サキュバスが精液をエネルギーに変換する際には、そのプロセス自体に結構なエネルギーを要します。さらに能力によっては変換効率の悪い子もいまして」

「う……私、そっちかも」

「えー、しのーはめっちゃうまくなると思うよ」

「ふふっ、そうね。先生も同感」

「そ、そうでしょうか……」

そんなとこに太鼓判押されるのは、ちょっと恥ずかしいよな。自分が言われたらやめてくれぇぇって悶えそうだ……。

「七里くんはその変換プロセスをすでに完了したかたちでサキュバスに与えてくれるのです」

「それってひい祖父ちゃんがそうなるように昔の先生と取引したってことでしょうか？」

「ええ。私が身も心もあの御方に捧げたことを確信した段階で、ご自分の死後のことを気にかけてくださったの。早いうちから研究を重ねて、七里の後裔がサキュバスに特化した精液を造りだせるようにしました。そしてその分け前を私が享受できるように……」

ネムが首を傾げた。

「でもナナリー、お兄ちゃんとは契約してないよね」

「していなくても、七里くんが射精するとき、その一部は私に注がれているんです」

「えっ⁉　どどどうやって⁉」

本気で焦って声がつっかえた。

「量でいえば、一割くらいかしら。それがびゅううううって子宮に瞬間転移してくるのよ。だから、あなたの精通のときから知っていますし、毎日、毎日、毎日毎日毎日、私が授業をしているときでも、おしっこをしているときでも、一日に何度だってお構いなしにびゅうううって子宮に直接届けられて、『ああ、またしてる』って幸せな気持ちで満たされていました」

ぜ、ぜんぶバレてたー!! 幸せだったならなにより!!

「明かさずにすむならそのほうがよかったのだけど、事態がこうなったからには謝らないといけませんね。今まで隠していてごめんなさい」

「うぇ~、意味わかんない。せーえき自動転移とか、それ楽しいの? 気持ちよくなる過程がないじゃん」

「私は、もうほかの誰かと新たに契約を結ぶという考えを持っていないから、サキュバスとしては現役を引退したと言ったほうがいいでしょうね。この『分け前』は自分では拒絶もできないものだから、椚さんには申し訳ないけれど」

「そ、そうなんですね……。驚きました……」

「疎ましくはない?」

「ッ!? い、いえ、そんなことは……」

「ご主人さまの欲情をほかのサキュバスに知られているなんて気が気ではないでしょう。でも安心して。七里君の専属サキュバスはあなたよ。それを奪い取るつもりはないの」

「ありがとう、ございます。あの、でも……ナナリー先生は、七里くんとえっち……したくはならないんですか？」

　おまっ、なにを言いだすんだ⁉

「わ、私、七里くんの精液をもらうたびに、もう次にもらえるときのことを考えてしまうんです……勉強していても、心のどこかには必ず七里くんにされるいやらしいことを期待する自分が蠢いていて、身体はあの精液の味わいを反芻して……サキュバスに特化した精液と教えていただいてすごく納得しています。自分はサキュバスになってしまったんだって実感します。でも、だとしたら七里くんが射精するたびにその特別な精液を注がれている先生は……」

「ふふっ……七里君への性衝動がなかったと言ったら嘘になりますね」

　おい、おいおいおい……先生が俺に？　……これって頼みこめばワンチャンいけるってことなんじゃ……？　そんなことを聞いてしまって、もう俺のズボンは勃起を隠せないほど膨らみきっていた。

「とはいえサキュバスになりたてのあなたと私とでは経験値が違いますから、衝動をコントロールする術は身につけているつもりです」

　む、無理か……。

「あの……私、七里くんがナナリー先生のことを性的な目で見ていることはずっと前から気づいていました」

「ずっと前からっ⁉　く、椚、おま、なに言って――」

「そうですね、先生も気づいていました。時々、ひとりで発散できるようにさりげなくオカズを提供もしましたし」

「えぇぇえっ⁉　い、いつですか⁉」

「あなた以外には認識されないのをいいことに、ニットワンピースの下にはなにも着ないで一日過ごしたり」

……覚えてる！　去年の秋だ。アレやっぱりなにも着てなかったんだ！　めっちゃ身体のライン出てた！　ヌいた！

「あなたが空き教室で射精したあと、そのままうたた寝していたから、その日つけていた下着でおちんちんをくるんであげたり……」

アレもか！　いつの間に下着ドロなんてしちまったんだってだいぶ混乱した！

「あのぱんつ……なんでかずっとヌルヌルしてて、すげぇ気持ちよかったからその場でました……」

「私の愛液がねっとりついていたもの。オナホなんかよりずっと気持ちよかったと思う。その証拠に……ふふっ……すごく出してくれたものね」

「…………」

いかん、楫がかなり絶望的な顔をしている！

「ナナリーへんたーい。でもそういうのも楽しそう♪」

「一番最近では……魔導書のことを知ったあと、廊下でぶつかって転んだ私の下着を……

七里君がじぃっと――」

ああ、そうだ。ドエロい下着つけてた。俺が見てるって視線を感じただろうに、やけに長くご開帳したままだったあのとき……。

「てことは先生、見せつけてたんだ……」

「あのあともすぐ、空き教室でオナニーしていましたね」

そうだよ、ぜんぶバレてんだよ……ああっ!!

「だって……下着っていうか、もうおまんこ見えてたじゃないですか……あのぱんつ、真ん中ぱっくり割れてたし……」

「あれは少しわざとらしかったかもしません。七里君の意識を召喚の儀式から逸らそうとしていたから、本物のおまんこっていうオカズができれば、儀式のことなんて忘れてくれるかなって」

むしろ加速した。はやく本物のおまんこでやりたいって。

「うう……そんなことがあったんですね。でも、よくわかりました」

「椚さん？　なにがわかったのでしょう？」

「ナナリー先生、七里くんが先生とセックスしたいと望めば、してくださいますよね。そういう誘惑行為ができるということは、七里くんにならという気持ちがあると思っていいですよね？」

「？？？　く、椚⁉」

「不思議なことを言いだすのね。七里くんのためにサキュバス・ハーレムでも作るつもりなのかしら？」

「本当にしたい人とできなくなるというのが怖いのかもしれません。あ、私ではなく七里くんが、です……」

「彼を独占したいという気持ちはないの？」

「……………わかりません」

「あなたが望めば七里君は応えてくれるのではないかしら。少なくとも私が知る七里君はそういうところはきちんと筋を通す男の子だと思います」

嬉しいこと言ってくれるけど、俺はそんな大層な人間じゃない。ちょっと前には一生精液を与える役になるということに、とてつもなく重圧を感じていたんだから。

それは今だって拭いきれていない。椚はそれを感じ取って、こんなことを言いだしたんじゃないか。

「七里くんは私に縛られたら『この先あり得る未来を捨てなきゃいけない』——きっとそう考えてしまいます。責任感が強いのは、私も知ってるから。それはツライことだよね」

「責任感なんか、強くねぇよ……」

酷い誤解だ。……いや、誤解をしていたのは俺なのか？

『椚は俺をきらっているから受け容れるはずがない』っていうのも、もしかしたら俺の思いこみで——。

「私、七里くんを独占できるほど自分に自信がありません……」

「そりゃそうだよ。しのーはお兄ちゃんに縛られる側になりたいんだもん」

「えっ⁉　ネムちゃんっ、なに、言って……」

「あれ？　違った？」

こいつ、人の気も知らないでほんと適当にものを言うヤツだな。

「し、縛られる、側……ああ、そうだよね。七里くんはご主人さまで、私は七里くんがいないと生きられない立場なんだから」

「そーゆー意味じゃなくて、ドMとして？　会った瞬間、うわ、底なしマゾって感じたもん。ネムの直感当たるんだよ～？」

「ネムちゃん、外野が勝手に主従の関係性を規定するようなことを言わないように」

「ひゃい」

椚がドM……そんなことあり得るのかよ。昔はよく泣くヤツだというイメージが強かったけど、成長してからは誰からも信頼される優等生になって、なにがあっても取り乱さない、それこそ『清楚』を体現したいいとこのお嬢さまというイメージになった。

そんな椚を俺が『身体』から変えてしまった。椚の『心』が自分とは真逆の衝動に苦しむようにしてしまった、そう思っていた。

でも、儀式からここまでの椚はどうだった？　エロい部分をどんどん見せるようになってきたんじゃないか？　あの椚が本当だったら、俺はこの先どう接していくのが正解なんだ？

「先生、ひい祖父ちゃんとは長く一緒にいたんですか？」

「そうね。サキュバスとしてはめずらしいくらい長く」

「ひい祖父ちゃんは契約で先生を縛ったんですよね？　俺たち子孫の精液を強制注入されるのも含めて……イヤじゃなかったんですか？」

「私は椚さんのように専属契約に縛られることはありませんし、当初の契約はすでに果たされていますので随意に関係を断つことも可能でした。でも私の心は今でも、七里君のひいお祖父さまをお慕いしていています。ですから、これは強制関係なのではなく、私たちの心が望んだ結果なのです。あの御方の遺してくださった余録の尽きる日まで従うのが私なりの応え方だと考えています」

死んでから何十年も経ってるのに、ここまで想い続けてもらえるものなのか。

俺は椚にそう思ってもらえるようになれるのか？　……とてもそうは思えなかった。

「さて、これで私がお伝えするべきだと思ったことはお話ししました。ネムちゃん。これであなたの役目は終わります。明日の日没をもって帰還とします。やり残したことがあればやっておきなさい」

「ね、ネムの試験は？」

「今回の対応を評価し、再試験では順番待ちの最後尾にならないよう、私から伝えておきます。何回かは待たなければいけないでしょうけど、そう遠くはならないと思うわ」

「大サキュバスナナリーばんざーい!!」

「サキュバスの試験ってそんな大事なのかよ」

「最後尾なんて数百年待ちになっちゃうもん。そんなのネムが干からびちゃうよ」

「そんなにか……悪かったよ、失敗なんかして」

「まー、特別なせーえきを持ってるお兄ちゃんと知りあえたことに免じて許してあげる。見習いがとれたらちょいちょい遊びに来るから、いっぱいいっぱいえっちしようね？」

「え、ええ……」

なんて答えりゃいいんだ。ていうか、アリなのか、そういう時々相手チェンジ的なの。

「なんだこれーなんだこれーって知らない世界を見せてあげるから、おいしいえーせき、たーっぷりちょうだい♪」

「…………」

椚がなんともいえない複雑な表情になった。まさか、嫉妬してくれている？　いやいやそんなことは。

「ネムちゃん、睨まれてますよ」

「うぇ？　ぁ、あー、しのーさっき独占できる自信ないって言ったよね？　ご主人さまのおちんちんはひとりじゃ手に負えないから開放しますって宣言……じゃない？」

「自信がないと、確かに言いました。でも……ネムちゃんがその試験に受かる頃には、そうじゃなくなっているようにがんばりたいって……今、思いました」

「おおー……ナナリー！　ナナリー！　今のネム、すごい加点じゃない⁉」

「ふふっ、そうね。サキュバスとして生きていく椚さんに、最高のエールを送ったかもしれません。花丸を追加してあげます」

「やたー！」

小学校かよ。

「じゃあ、明日は出血大サービスしちゃおっかな！」

まさか、３Ｐ⁉

「しのーの疑問にぜんぶ答える最終サキュバス講義しちゃうよ！」

「そっちかよ」

「ん？　なに、お兄ちゃん？」

「なんでもねぇよ。椚はそれでいいのか？」

「うん……ネムちゃんが帰っちゃうなら、できるだけ色々吸収しておきたい。明日はおやすみだし、朝から七里くんの家にお邪魔してもいい？」

「ああ」

これから、こうやって一緒の時間が増えていくんだろうか。

『一緒にいてくれる誰かがほしい。それがたとえ人間でなくても』

そんな大それた願いが、こういうかたちで結実してしまった。俺の我がままに人生丸ごと付きあわされることになるんだから、できるところからでも椚の望むことを実現していかないと、だよな。

◆

約束どおり、椚は早くから俺の家にやってきた。

「しのー、よくネムのほしいものわかったね～」

「うん、お店で会ったとき、すごく気に入っていたから」

椚は朝早くだというのに、ゆいま～るのタコライスをお持ち帰りで十人前くらい持ってきた。どうやら昨日のうちに頼んでおいたらしい。さすがに多すぎだろと思ったが、ネムは特別講義をしながらどんどん平らげていく。

かなりの詰めこみ授業で、先にギブアップした俺とは違い、椚はこの機会を最大限活かそうと様々な事態について確認を進めていった。

そうして日も傾きかけた頃、最後の質問ということになった。

「どうしても精液を摂取できない状況にあるときは、どうすればいいのかな」

「そりゃどうしようもないよね」

「あ、あはは……えっと、ひと言で終わっちゃうととても困るんだけど」

「しのーは『専属』なのに、お兄ちゃん以外のせーえきでも欲しいと感じるの？」

「そ、そうじゃないよ。ただ、いつも七里くんと一緒にいられるとは限らないから」

「なんで？」

「俺にも俩にも生活があるんだ。サキュバスになったから、はいじゃあ人間生活おしまいというふうにはしたくない。だから、物理的に会えないときのために緊急措置の方法を知っておきたいんだよ。それが難しいならせめて何日なら保つとか」

「うーん。専属の飢餓耐性って個人差があってかなり違うし、そこはふたりで調べるしか」

「最後の最後にテキトーすぎるだろ……なんでも疑問に答えるんじゃなかったのか？」

「むぅ。ネムだってこういうのはじめてだし、わかんないこともあるよ」

「うん、ネムちゃんの言うとおりかも。過去の事例に当てはめて考えても、私たちの条件に合わないこともある……私たち自身で最適解を探し続けなければ……」

相変わらず真面目だ。

「わかったよ。じゃあ、必要摂取量と限界値の把握もかねて精液断ちするか」

「せ、精液断ち……」

一気にこの世の終わりみたいな顔になったな。

「あの、精液以外で代用できるものとか、ないかな？」

前のめりに俩が尋ねるものだから、ネムすら面食らっている。

「ええ……どんだけ効き目があるかわかんないけど、お兄ちゃんの身体から出るものを摂る、とか？」

「唾液とか、汗とか？」

「おしっことかうんちとか」

「おしっこはともかく大のほうのスカトロは断固拒否する」

「……お、おしっこは、いいんだ」

「そこまでは、いい」

自分で言っておいてなんだけど、ここは『絶対イヤ』とか拒否するところだぞ。

「けど結局それって会えないときには意味ないな」

「う、そうだね……ネムちゃんが今日食べたような食事で補うことはできないの？」

「人間の食事は嗜好品かな。お腹にはたまるけど、栄養もないし、それだけだと禁断症状出てくるよ」

「やっぱり精液じゃないとダメなんだね」

「まーねー。長く離れるなら『もう無理』ってくらいハメまくって精液溜めこんだら？」

「ハメまくり……精液溜めこむ……」

おい、なにを想像してんだ……。

「しのー、そんな調子でおあずけ我慢できるの？　その顔やばやばー」

「え⁉　わ、私、どんな顔してたの」

「外だったら、まわりがビックリして見入ってる」

椚のやつ、えっちしたときよりエロくなってないか？

「サキュバスはえっちでなんぼ。でも、しのーはハメまくると逆効果そー」

「なんでだよ」

「だって、しのーはえっち大好きだからお兄ちゃん干からびさせそうだもん」

「俺の勃起力を舐めるなよ」

「それ！　いつまでも、湧くと思うな、精液が！」

「無駄に語呂がいいな」

「今はいいけど、お兄ちゃんがじじーになっても射精しまくるとは限んないじゃん」

まあ、老化は逃れられないもんな。

「お兄ちゃんが死んだらしのーも死んじゃうし、そこは気をつけなよ」

「わかったよ……。節度に気をつけるよ」

ひい祖父ちゃんがなんで子孫の精液をナナリー先生に与える仕組みを作ったのか、その理由はコレなんだろう。どうやって実現したのか、俺も調べたほうがいいのかもしれない。一生かかるかもしれないけど、先生に頼みこんだら教えてもらえるだろうか……。

「さって、そろそろ時間みたい。聞きたいことはこれでおしまいでいいかな？」

「うん……ありがとうネムちゃん」

窓の外で夕陽が沈んで、入れ替わりにネムの立つ場所に魔法陣が現れた。帰るときは俺はなにもしなくていいんだな。逆になにかしたら迷惑をかけるかもしれん。

「また来るってことでいいのか？」

「来るよ～来ちゃうよ～。次に会うときは正真正銘『偉大なるネム様』になってるから！」

「再試験がんばってね。応援してます」

「しのーもね。いっぱいいっぱいせーえきもらいなね。真性には敵わなくても、お兄ちゃんのせーえきならグングンレベルアップできちゃうと思う」

「レベルアップってゲームじゃねぇんだから」

しかし、椚には今日の講義内容と併せて期するものがあったようで、ネムに向かって重くうなずいて見せた。

「またね、ネムちゃん」

「そのぶんなら次会ったときは即さんぴーだね。んじゃ、ばいば～い！」

ふわぁっと輪郭がぼやけて、ネムはいなくなった。なんとも軽い別れで、現実感があんまりない。

◆

休み明けの朝。

禁欲中の椚が気にかかり、いつもより早めに学校へ向かった。

ん？　あれ、椚じゃ。

学校付近じゃないけど、誰かに見られたら面倒だし、どうするか……。

考えてた矢先に椚と目が合う。

「たーーな、七里くん。おはよう」

俺の姿を見た途端、椚の顔が発情した。

「椚、その顔はヤバイ」

「やだ、私ったら」

完全に無意識だったのか。椚は両手で顔を隠す。

「まずは俺の顔＝チンポって想像をやめよう」

「う、うん……」

そこは否定しろよ。こんなんで我慢なんてできるのか。

「……椚は家族旅行や運動部の手伝いで、俺がついていけない状況があるだろ？　苦しいのはわかるけど、身体の把握に必要な精液断ちだからがんばれ」

「嬉しい。先のことまで考えてくれたんだ」

「あと、学校ではこれまでどおりで頼むな」

「う、うん。学校であまり話せないなら、ふたりで会うときは電話とかメッセージで連絡をとるの？」

「頻繁に連絡してるのを誰かに見られたら椚に迷惑がかかるしな……。俺が学校で話したいときは第一ボタン外すっていうのはどうだろう？」

「も、もっと自然なのがいい。絶対、いやらしい顔してチラチラ見ちゃう気がする……」

「マジかよ。ええと、そうだなぁ……じゃあ、休み時間とか放課後、俺がすぐ教室を出ていったら空き教室で会いたいサイン、とか。普段は少し待ってから動くようにするから」

「……どうしてそこまで警戒するの？」

「警戒っていうか、俺と椚は今まで距離を取っていただろ。そのうえ、椚はまわりからすればお嬢さまとして一目を置かれているんだ。俺なんかが近づかないほうがいい」

「私は気にしてないよ」

いや、いきなり親しくなったら、おかしいだろ。今まで俺のこと避けてたくせに、いくら『専属』になったからとはいえ、態度変わりすぎたらなに言われるか……。

「そうだとしても、椚のお嬢さまというステータスが椚の平穏を守っているんだ。今までの世界を崩してまで俺が表で関わることじゃない」

「私には、よくわからない……でも七里くんがそうしなきゃって思うなら」

「じゃあ、そうゆうことで俺、先行くな」

「あ、待って。……学校で話せないなら、これ」

「え？　傘？」

椚から折り畳み傘を手渡され、思わず受け取ってしまう。

「帰る頃ちょうど雨だと思うから。きっと持ってないでしょう？」

「ないけど、それじゃ椚の傘がないじゃないか」

「私は置き傘があるから。それは七里くん用に持ってきたの。柄も大丈夫だと思う」

これって『専属』だからしてくれるのか？　立場が変わっただけでそんな簡単に態度が変

わるものか。それとも……。
「そ、そっか。じゃあ、ありがたく」
素直に傘をバッグの中にしまうと、椚は嬉しそうに笑った。
あ、なんかこの顔、ずっと前に見たことあるわ……。
学校でよく見るすました笑顔とは違う。昔は今みたいによく笑ってたんだよな。
いつから、椚も俺も変わってしまったんだろう。
懐かしい笑顔に、らしくもないことを真面目に考えてしまった。

第五章　どこまでもはてしなく、いやらしい私

椚の調子が悪くなったのは十日経った頃だ。

朝になって急に変化が起きたのか。昼休みまでずっと椚が俺のほうをチラチラ見てくる。まわりには大丈夫そうにふるまっているけど、心なしか元気がないように見えた。

約束どおり俺はチャイムと同時に席を立ち、椚に見えるように近くを通り過ぎた。

気づくか？

「しのん？　ぼんやりしてるけど調子悪い？」

「……う、うん。私、ちょっと保健室行ってくる」

「まじ？　ついてこうか？」

「だ、大丈夫。少し休んだら、すぐに戻ってくるね」

椚が席を立つ姿を確認し、教室を出て旧棟へ向かう。椚の様子が気になって、死角になる水飲み場で椚を待った。

「ハァハァ……な、七里くん……」

追いついた椚はもう股間を弄りながら歩いていた。マジかよ……。誰にも見られてないか、新棟のほうへ顔だけ出して確認する。誰もいない。

空き教室まですら保たないか。仕方ない、ここで……。

「十日が限界みたいだな。手早くすませて戻ろ――うぉっ！」

「んんっ！ ……むちゅ、ぢゅるっ！ ぢゅるるるるっ!!」

久しぶりのチンポがよほど嬉しいのか。椚は一気に根元までチンポを咥えこんだ。まだでろんと柔らかいままの包茎チンポなのに、一切お構いなしというか、一緒に金玉にまで吸いついてきて……あまりの気持ちよさにあっという間に勃起状態にさせられる。

椚がサキュバスになったからなのか、それともサキュバスの能力とは関係ない純粋な技術あるいは欲望のなせる業なのか、もう、椚の口の中はもうひとつのおまんこと言って差し支えなかった。

旧棟とはいえ、あまりにも遠慮のないバキューム音と口内粘膜の動きに、俺は壁に背中を預けてガクガクと震える。椚だけに我慢させるのは、と思って俺も一緒にオナ禁してたから、正直一分と経たずに射精感がこみあげてきてしまう。

「く、椚、喉の奥は……ダメだ……うぅっ！ 出る、出るからっ、舌先で受けとめろ」

「ぢゅぼっ、ぢゅぷっ……ぐちゅるるっ……舌、しゃきぃ……ふぁい」

命令どおり、舌先が催促するように尿道口を刺激してくる。崩れ落ちそうになる下半身を椚に支えられて、俺は波打つような舌にびゅるびゅると射精した。

「んんぅっ……!!」

す、すげぇ出る……。椚は一滴も漏らすまいと唇をしっかりすぼめて締めている。目は悦びに潤んで、頬は上気して、鼻の穴はヒクヒクしてる。なんて顔してんだよ……。

「呑みこむなよ……？」

その命令を口の中で味わえという意味だと思ったんだろう。俺がチンポをゆっくり引き抜くと、椚は幸せそうに精液をクチュクチュしはじめた。このぶんなら俺の言うことを無視することはなさそうだ。もう少し味わわせてやらないと……。

「んっ……ふぅぅ……ッ……ッッ」

ビクッ、ビクッ！　と椚が震える。どうやらイッてるみたいだ。こぱぁ……と口を開いて舌に絡まる精液と唾液の混ざりあった汁を褒めてほしそうに見せてくる。

「舐めたな。じゃあ、今すぐ吐きだせ」

「ふぇ……どうして……」

名残惜しそうに椚は素直に手のひらに精液を垂らす。

「ねえ、これどうするの、あっ、や、イヤあああああああっ」

説明するより先に椚の手をつかみ、水道ですすぐ。

「あああぁ～」

そんな、この世の終わりみたいな声で叫ぶな……。

「お願い……七里くん。膣内に、おちんちんください」

なんで丁寧語なんだよ。懇願してでもほしいっていうのか。今にも土下座でもしそうな顔してる。

「もう、無理なの。精液欲しくて、欲しくて、おちんちんのことしか考えられない」

栩は壁に手をついてねだるように、尻を俺に突きあげた。

……前も思ったけど、飢餓状態のサキュバスって怖いな。正気の栩なら絶対にこんな真似はできない。

「ダメだ……。今のは最低限の緊急措置だ」

「そんな、もう、おちんちん欲しくておかしくなりそうなのにっ」

話しながらもおまんこを弄ろうとするので、慌てて腕をつかんだ。

「今、指についた精液入れようとしたな」

「ああっ……。ごめんなさい。でも、でも、おまんこ疼いて」

ネムの言ってた『欲望は隠せなくなる』ってこれか……。

自分が恥ずかしいことをしていると自覚しているのか。栩は耳まで赤く染めながらも、えっちな衝動を抑えきれないでいる。

「しっかりしろ。そんなんじゃ、俺がいないときも乗り切れないぞ」

「でも……ずっと……えっちなことを考えちゃって……ぁあん」

妄想したのか。栩がびくびくと身体を震わす。

言ったそばからイくなよ……。

けど、妄想ですら快感を得るなら、精液なしで欲求不満を多少でも解消できるかもしれない有効な手段だよな。

「じゃ、じゃあ命令して……」

「命令って……」

「七里くんは私のご主人さまだから、命令してくれたら、私、がんばれると思うの」

そういえば栦、俺に逆らわないよな。

『縛られる側になりたい』

ふと、ネムの言葉が蘇る。

サキュバスとして？　……いや、むしろ、これが本当の栦の望みなのか？

……束縛願望？　服従願望？　そんなもの、リアルにあり得るのか？

栦のえっちな妄想含めて、俺がそばにいなくても、命令を送って、その実行で栦が達成感を得られて、それが精液を我慢するための代替行為になるなら、試す価値はある。

「……わかった。じゃあ、ぱんつをおまんこに入れろ」

「んあっ……は、はい」

言われるまま、栦はぱんつを脱ぐと、丸めておまんこに押しこんだ。

「愛液が垂れないようしっかり栓をするんだ」

「ああっ……はひ……」

栓の締まりをさわって確かめると、よがるようにおまんこを押しつけてくる。

「ふぁ……はぁ……もっと……」

わずかな刺激すらご褒美といわんばかりに腰をひくつかせている。

こんなに素直でいいのか。試しにやってこれなら、ほかはどうなるんだ……。

ふと考えた途端、歪んだ欲望が湧きあがってきた。

「今日一日、ぱんつを落とさないでいたら、今夜こっそり会っておまえの願望を叶えてやる」

「ほ、本当？」

泣くほど嬉しいのか……。いやらしいことを椚が望んでいるなら俺は……。

「ああ……。十日で波がくることも確認できたし、な、なにより……俺は椚のご、ご主人さまだからな」

らしくもないことを言おうとしたせいで言葉がうまく出なかった。これじゃ、格好がつかない……。

「七里くん……」

嘘だろ。格好つけきれない俺すら、椚はときめいたのか。俺に熱い眼差しで見つめる。

「せっかくだし、ブラも外しとこうか。俺が預かる」

「が、学校で下着をつけずに過ごすなんて、ドキドキするね……」

「俺の家まで下着をつけずに来たこと、もう忘れたのか？　今さらすぎるだろ。これも命令だ」

「は、はい。がんばります……」

真面目な態度とは真逆の不真面目な行動すら、椚は真剣だ。

サキュバスになっても、本来の椚の性格は変わってはいない。それどころか限界を超えない限り、理性も羞恥もある。

そんな状態だからこそ、椚に相応しい望みを考えなくてはいけなかった。

◆

夜——約束どおり、俺は椚を公園に呼びだした。

「こんな場所に呼びだすなんて、なにかあるの？」

椚は不思議そうに首をかしげているが、明らかに期待している。

「その前に大事な話がある」

「なあに？」

「これから俺は『専属』のご主人さまとして、椚に接していくつもりだ。だから、椚も本当の自分を俺に見せてくれ」

「本当の私？」

「ああっ……。ありのままの椚の欲望を俺に曝けだしてくれ」

これまで何度か椚に変態性を感じていた。だけど、まだ確信してないのも事実だ。

突然のことに、椚は戸惑っている。

「本当の私が……どうしようもない人間だとしても？」

「俺自身サキュバスを呼びだしてエロ三昧な毎日を送ろうなんて計画するどうしようもな

い変態なのに、他人をとやかく言ったりしねぇよ」

「……そうだとしても……私、七里くんや皆が思っているような自分じゃないよ」

自分を恥じるような弱々しい声で栩は答える。

「俺は……どんな栩でも受け入れるつもりだ。そうでないと、一生そばになんていれないしな」

「……なんだか……プロポーズみたい」

栩は感激したのか。頬を染めながら、目を輝かせている。

「ば、バカ……。そんな意味じゃねぇよ」

「そうだとしても、嬉しい」

心から幸せそうに微笑む栩に、自分の言った言葉が急に恥ずかしくなる。

勘違いするな……。あくまでこの関係は栩にとって仕方なく結ばれたものなんだ。

熱い眼差しで見つめられたくらいで、栩に好かれていると自惚れるな。

「これからすることは、栩にとって大変なことだと思う。だけど、最後までやりきってほしい」

「どんなことだろう……。少し怖いけど、それが私たちにとって必要なことなら……私、がんばってみる」

歩きながら話しているうちに、目的地である公園の自販機に辿り着いた。

「それじゃあ、栩。今からここでおしっこをするんだ」

さっきまで赤く染まった栩の顔が一気に青ざめる。

「無理。変な冗談はやめて」

「冗談なんかじゃない。栩の欲望の限界を理解するために必要なことなんだ」

「だからといって、こんな……人が通るかもしれない場所で」

「大丈夫だ。俺が壁になるから、栩の姿は誰にも見られないさ」

「せめて茂みで……」

もじもじと太腿をこすりあわせるのは、恥ずかしさだけじゃないようだ。

「おしっこさえすれば、すぐに帰れるぞ。それとも、本当は誰かに見られたいのか？」

「違う」

本気でイヤだったのか。栩の大声が公園に響き渡る。

「今の栩の声に誰かが気づいたかもな」

余裕そうに振舞うが、内心俺もびびっている。一刻も早く栩におしっこをさせて、ここから立ち去らないといけない。

「ほら、早くしないと誰かが来るぞ。ぱんつをよこせ」

「……。う、ううっ……」

栩は涙目でおまんこにハメていたぱんつを外し、俺に差しだした。昼間から入れっぱなしだったんだろう。ぱんつはぐっしょりと濡れて、広げると糸を引いた。ということは、着替えたのは制服だけで、ブラもつけてないかもしれない……。

律儀に言いつけを守ったわけだ。

「ねぇ、七里くん……その、見られるとしづらい」

「俺のことは気にすんな。ほら、スカートもあげないと汚れるぞ」

「ああっ……」

椚は手を震るわせながら、スカートをたくし上げおまんこを露にする。

下着をつけずに外を歩くことはできても、さすがに公の場で露出するのははじめてなようだ。椚は緊張したように震えていた。

「外なのに、私、おまんこ丸出しにするなんて……」

恥ずかしさに耐え切れないのか。真っ赤になって俯いている。

「丸出しにしたら終わりとは言ってない。まだすることがあるだろ」

「ねぇ……やっぱりやめよう?」

「さっきがんばると約束したばかりじゃないか」

「でも……」

緊張だけではないのか。椚の足の震えがさっきより大きくなっている。

「早くしないと人が来るぞ」

「それは、イヤ……。んんっ……早く、出さなきゃ」

切なそうに太腿をよじり、おしっこをしようとするが——。

「な、なんで……。さっきまでは」

一生懸命おなかをへこますも、おしっこは一向に出てくる様子はない。

「出ないよ、七里くん」

必死に助けを求める椚の顔は、今にも泣きそうだった。

極度の緊張感で、尿道周辺の筋肉を強ばらせているのかもしれない。

「なら、おまんこを弄ればいいんじゃないか」

「そんな……。外で、弄るのは……」

「大丈夫だ。おまんこが気持ちよくなったら、おしっこもすぐに出るはずだ」

「でも、でも、誰かに見られたら……」

羞恥を感じながらも椚のまんこは期待で、ひくついている。

「俺が椚を隠してるから、大丈夫だ。早く帰りたいだろ?」

「早く、帰るため……。早く……」

片手でスカートを抑え、もう片方の手をおまんこの割れ目へと伸ばす。

「んはぁ……」

尿意で敏感になっているのか。おまんこに触れただけで切なそうな声が出た。

迷いがちに尿道口を指でほぐし、ゆっくりとおまんこを弄りだした。

「私……こんな……外でおまんこ弄ってる。はぁ、はぁ……恥ずかしい」

義務的に指の抜き差ししているからか。動きがぎこちない。

それでも、快感はあるのか。椚はためらいながらもおまんこを弄るのをやめない。

「んっ、ちゅくっ、ちゅく。七里くんが、見ている、のに……」

「俺にはなにも隠さない。専属なら当たり前のことじゃないか？」

「ぁ……そ、そんな、あぁ」

息を殺しながら、尿穴を執拗に弄る。指で穴周辺をなぞり、刺激する。

躊躇いがちに動く指に、梻はしっかり高まったのか。吐息は、いつのまにか熱を含んでいた。

「出ないよ……。おしっこ出ない……。このままじゃ、本当に誰かに」

「出るまでするんだ」

小刻みに震えながら梻は尿穴だけでなく、膣穴もほぐしはじめる。

「とっても恥ずかしいのに……私のおまんこ熱い。こ、こんなの、続けたら……」

「続けたらどうなるんだ？」

「私が、んんんっ、おまんこ……弄るの好きなのバレちゃう」

「そんなことか。大丈夫だ。そのまま、気持ちよくなればいい」

「でも、でも……恥ずかしい」

「気持ちよくなれば恥ずかしいのも緊張も忘れて、おしっこもでるはずだ」

「おしっこのため……。それなら、しょうがないよね」

迷いがちに動かしていた指の動きが早くなる。

「ふぅ、ふぅ……」

小刻みに震えながら、確実に自分が気持ちのいい場所へと指先を深めては引き抜く。

抑えていた声も、指の動きに合わせて大きくなっていた。

「あぁ、はやく……おしっこ出て」

指の出し入れに合わせて、栩は腰を上下に揺らすごとに、ぷちゅぷちゅといやらしい音が鳴った。

「んんっ……あぁ……はぁ……」

気持ちいいのか。腰の動きが速くなっている。

「ふぅ……んっ……んんっ、あっ、あっ、ああああっ」

ぷるぷると身体を震わせて栩は達した。

「はぁ、はぁ、はぁ……私、外でイっちゃった……」

「おしっこより先にイクとか……。本当に栩は変態なんだな」

「そんな……ひどい」

「ほら、続けて。おしっこが出るまでやるんだ」

「もう……無理だよ……。ねえ、お願い……。今日はもう……」

痴態に耐え切れず、助けを求めるように栩は俺を見つめる。

ここが限界か……？

いや、もっと……栩の恥ずかしい姿が見たい。

試すように、俺は預かっていた栩のぱんつを股間にこすりつけた。

「七里くん、やめて。……そんな汚い」

「なんで、汚いんだ」

今日一日ずっとマン汁を吸い続けたぱんつはすっかりぐしょぐしょだ。

股間をこするだけで、ズボンを汚した。

「私のいやらしい汁で濡れているから」

「椚がエロいから、俺のチンポもやばいんだ」

ズボン越しでもわかるほどの股間の膨らみを、椚は息を荒くしながら見入っている。

「このままじゃ、射精るかもな」

「だ、ダメっ……射精さないで。射精すなら……私にちょうだい」

「椚は、どこに射精されたいんだ」

「お、おまんこ。七里くんの……おちんちん、私のおまんこにはめてください」

「椚がおしっこできたら考えてやるよ」

「……そ、そんなぁ」

「じゃあやめるか？」

欲望に拒めないのか。椚は再び割れ目を指でなぞり、顔を出したクリトリスをこねる。

「くうぅ……ふぅん……んんっ……あぁ」

切なそうに膨らんだクリトリスをつまみ、執拗に刺激を与える。もう片方の手でちゅくちゅと膣穴を弄り、敏感になった場所をいじめては快感を得ていた。

「おちんちん……七里くんのガチガチおちんちん……」

殺しきれない熱い吐息と湿気が、異様な光景を際立てる。

「七里くんのおちんちん……あんなに硬くして……。早く、私のなか、膣内に」

自分の指を俺のチンポに重ねて、指を増やし穴を広げる。

「外なのに……おちんちんのために、おまんこくちゅくちゅしてる……」

「チンポじゃなくておしっこのためだろ」

「あっ……おしっこ……おしっこします」

「早くしないと見つかるぞ」

「はぁ、あぁ……は、早く。おしっこ……。おしっこしなきゃ誰かが……来ちゃう」

追いこまれるように、椚は膣穴をほじる。

「七里くんに見られちゃう……私が、おしっこするとこ……ふぁ。んあっ」

言葉とは反対に俺に見せつけるように指を動かしていた。

それだけじゃない。路上で放尿とオナニーを強要されている状況に椚は興奮を覚えている。

俺に見られている事実。そんな自分を自分で煽ることで、自らおしっこを強要する。

「ふぅ……んんっ……あっ、あっ」

腰を震わせながら、指の出し入れを繰り返し続ける。

指がふやけるほどオナニーが佳境に入ったとき――。

ガタンと大きな音が響いた。

「ひっ……」

ポタりと静かにおしっこがこぼれた。

どうやら、誰かが自販機を利用した音に身体が反応してしまったようだ。

気づかれるか……？

俺も椚も息を殺し、人気がなくなるのを待ち続ける。

「っ……んんっ……」

一度、尿穴が緩んだせいか。尿意を抑えきれずに椚の股からおしっこがこぼれる。

さすがにこれはヤバイ……。

内股で必死に耐えるも、椚の表情からして限界だ。

「っ、だめっ……」

椚の膝が大きく揺れ、身体を支えきれなくなっている。

ぽたぽたとこぼれていたおしっこの量が増し、チョロチョロと溢れだす。

「はぁ……ぁぁぁっ……」

自販機を利用とした誰かは俺たちに気づくことはなく、足音が遠ざかっていく。チラリと盗み見たらイヤフォンをしてる。それで気づかなかったんだ……助かった……。

「んんっ、も、もうっ……ああ……あああああっ」

冷静に現状を把握できないまま、椚は悲鳴をあげながらおしっこを噴出した。

「あああっ……で、出てる……だ、だめ、おしっこ、とまって……んっ、あああ」

椚の意思とは逆に孤を描きながらおしっこが放出される。

「七里くん、見ないで……。おしっこ見ちゃダ、ぁあ……あああ」

隠すこともやめることもできないまま、自分の痴態に混乱していた。

「見られちゃやあああああああっ」

迸るおしっこの勢いに流されるように叫んでいる。我慢の限界を超えたせいか。

「ああっ……なんで……。もう、おしっこ……出てる、のに、あん、なんでぇ私」

がに股で足を震わせながら、椚は膣口を指でかきまわす。手で跳ね返って、おしっこはあちこち飛び散りまくった。

「七里くんが見てるのに、おしっこも、オナニーもとまんない……」

「本当はおしっこもオナニーも、俺に見て欲しかったんじゃないか？」

「そんな……んあっ、あああっ」

否定しながらも、ぐちゅぐちゅといやらしい音をたてながら膣穴を弄る。

最後には、椚の目的が俺の命令を果たすことではなく、単なる自慰に変わっていた。

クリトリスをこすり、後ろからまわしたもう片方の手で膣口をぐちゅぐちゅとかきまわして派手な音を立てる。

「ふあああぁ、ダメ……七里くん、ダメ」

「気持ちいいなら、隠すな」

「あぁ……そんなのダメ……。ダメなのに……おまんこ気持ちいいの……。くちゅくちゅ

するだけで、おしっこの入り口うずうずして、もっと、もっと」

気持ちいい場所に当てようと、腰を動かし、オナニーに没頭する。

「あっあっあっ、おしっこもおまんこもイイ……。お外なのに……誰か来ちゃうかもしれないのに……私、わたし……イクっ……。もう、ガマンするのム、ムリっ……」

さっきのおしっこの勢いに負けないほどの強さで潮を噴いた。

「はぁぁあああああ、ああああっ」

悲鳴が嬉声に変わるほど、椚は絶頂した。


まさか、ここまでできるとは……。

予想以上の椚の性欲に、俺まで興奮してしまった。

コンクリートの地面に広がった水たまりが常夜灯に照らされて光る。椚が気持ちよくなったことの証拠だ。

「盛大にイッたな」

「……私……こんな野外でおしっこなんて……」

「お嬢さまの椚でも、我慢できないと外でもお漏らしちゃうんだな」

実際にはお漏らしじゃなく放尿というべきだが、敢えてそう言ってみた。耳まで真っ赤にして興奮していた椚に、現実感が戻ってくる。

「も、もう……生きていけない。死ぬ……死ななきゃ」

「まままままま、待て。落ち着け、死ぬな」

道路へ駆けだそうとした椚を、慌てて取り押さえた。

「イヤぁぁぁ、お願い、死なせて」

嘘だろ。こんな、追い詰められてしまうのか。

椚を抱きしめてしまった。

とんでもないことをしてしまったのに、あまりにもな椚の取り乱し様に、自分の羞恥なんて放りだしていた。

「落ち着け、椚。おまえはなんも悪くない。悪いのは俺だ」

「こんな……こんな恥ずかしいことをした私が……生きてていいわけない！」

「椚は『専属』として俺の命令をこなしたんだろ。なら、俺のせいなんだから」

「違うよ。……だって、だって、私、気持ちいいって思っちゃった」

椚の表情はわからなかった。

ただ、悲しんでいるだけじゃないのはわかった。

「ひとりで妄想しながらオナニーするより、ずっとずっと気持ちよかった。こんなイケナイことをして、気持ちいいって思うなんて」

「それが椚なんだろ」

「っ……」

そのままの意味で言ったが、椚はショックで黙りこんでしまった。

「いや、俺が言いたいのは……どんな椚でも椚は椚だろ。それでいいだろ」

「よくないよ……。おかしいよ」

ああっ……コミュ障とはいえフォロー下手すぎだろ俺。

「椚がおかしいなら、おしっこしろって言った俺のがおかしいだろ」

「……」

「否定しないのは、そう思ってんだな」

「そんなこと……」

「それでいいんだ。俺は自分が変態だって自覚しているし、なにより他人にどう思われても構わない」

「私はそんなに強くなれない……。こんな私、皆、きらいだよ」

ここはやっぱり俺の予想どおりだ。ほかの人にどう思われてもいいなんてことになるわけがないんだ。

椚は俺と同い年だというのに、もう長らく体面の世界で生きてきた。当然、今までの常識から許されないことをしてしまったと感じているんだろう。だから、その罪悪感を俺に投げてほしかった。

でも、俺はその体面の世界にいる椚がイヤだった。あなたとは住む世界が違うと言われているみたいで。実際には俺が自分を卑下していただけだというのも頭ではわかっている。俺の性格がクズすぎて人を信じられなくて、他者を遠ざけていただけだ。

栩は我慢しすぎなんだ。さっきのオナニーに耽るのが本当の栩だとしたら、大歓迎じゃないか。確かに人前では見せられないかもしれない。だけど、俺には見せていいんだ。俺が、本当の栩に居場所を用意しなきゃいけないんじゃないのか？

「安心しろ。きらいになんかならない。少なくとも俺はエロい栩に最高に興奮した」

普通なら最低な告白だろう。

怒っても仕方ないのに、ずっと目を合わせないでいた栩が顔を見せてくれた。

「俺は栩と一生つきあうって決めたんだ。なら、栩も俺の前では自分を隠すな」

「そんなの無理……」

「今が無理なら、俺で練習しろ。ずっと見ててやるから」

栩は黙っていたけど、小さくうなずいてくれた。

この日から、栩との歪んだ関係がはじまった。

ただでさえ、精液で栩を縛りつけているのに、緊急時に備えるためという建前で実験的なエロいことをしまくるんだ。不純にもほどがある。

それでも、放課後になると栩は必ず俺のところにやってくるんだから、やめる理由なんてない。

「七里くん、今日も外でするの？」

今日も路上放尿をした公園に連れてこられたので警戒したのか、栩は俺から距離をとって歩いている。

「いや……今日は完全な野外じゃない。家でもないけど。さすがに人目につくとこは危険だからな」

「よかった……。夜でも、やっぱり外は怖いから」

椚はほっと息をつき、胸を撫でおろした。

「今日は、その……七里くんの精液ほしいな」

「わかってる。この間のぶんまでやる」

「本当？」

ぱっと顔を明るくして、俺の隣にまで近寄ってきた。

「どんなことするの？」

「家じゃできないこと」

「そ、そっか……。ドキドキしちゃうな」

久しぶりの『食事』のせいか。すっかり不安なんて忘れているな。

今日は準備を抜かりなく済ませている。これからすることで椚がどんな反応をするか。椚が見せるであろう新たな顔に胸をわくわくさせながら、目的の男子トイレへ向かった。

◇

七里くん、どこに行ったの……。あっ……あぁぁ……。こんなの……イヤ……。

　七里くんが私を連れこんだのは男子トイレの個室だった。

　トイレに入るなり、七里くんは私に目隠しをして拘束した。

動けないように両手首に手錠をかけられ、両脚は粘着テープで割り開かれたまま便座に座らされる。

それだけでなく、制服の胸元もスカートもまくられ、下着も脱がされてしまった。

胸もおまんこも丸出しなんて……こんなの……恥ずかしいよ。

七里くんはどこかへ行ってしまった。内側から出るには鍵をかけるわけにはいかない。

鍵が開いたトイレの中にひとり取り残され、私はただ七里くんの帰りを待っていた。

どうしよう……知らない男性が入ってきたら……。ううん。同じ学校の人や知りあいの男の人の場合もある。

男子トイレで胸とおまんこを丸出しにしている私を、誰かが見つけてしまったら。

きっと……私、犯されちゃう……。

想像しただけで顔が熱くなる。

怖いのと、恥ずかしいので心臓の鼓動が激しくなって、身体が熱くなる。

こんな恥ずかしい格好じゃ……私がセックスしたがってると思われても仕方ない……。

なんとか逃げだそうと身体をよじらせても、びくともしない。

……七里くんは私がほかの誰かに犯されてほしいの？　本当は、私に野良サキュバスになってほしかったの？

私にとって七里くんは、ご主人さまというだけの存在じゃないのに……。

恥ずかしさや怖さより、七里くんの願望が悲しかった。

私……七里くんの精液がもらえると思ったから、男子トイレにも入ったんだよ……。なのに、こんなのひどい……。

いつの間に泣いていたのか。熱くなった頬に涙が垂れる。

頬の火照りはいつのまにか全身にまで広がっていた。

……精液……おあずけをされたせいで、さっきから……おまんこ……熱い。

おまんこ丸出しで、赤ちゃんがおむつを替えるときみたいなポーズで座らされているからか。無意識に、誰かにお尻やおまんこを触られることを考えてしまう。

このトイレに入った人は、きっと私のおまんこを見る。

精液が欲しいと苛むように、おまんこはじんわり濡れだす。

違う……。私は七里くんの精液がいいの。七里くんじゃなきゃダメなの……。

『肉便器になりたい』

違う。そんなこと思って……ない……。

嘘だというように、私の淫らな欲望がおまんこ穴からえっちな汁となって溢れだす。

おまんこ……だけじゃない……。乳首、さっきから……むずむずする。

私の理性は『怖い、恥ずかしい』と叫んでいるのに、心のどこかで『男の人に無理やり犯されたい。男の人の欲望の捌け口になりたい』と牝の本能が芽生えはじめている。

精液……精液が飲みたい。カリ高になったおちんちんぺろぺろして……牡の匂いを口の奥までいっぱいにしたい。

たくさんのいやらしい妄想に、クリトリスがぴんと張り詰めていた。

だ、だめ……どうして……こんな怖いこと考えちゃうの。

七里くん以外の男の人に、私の恥ずかしい姿を見られてしまう。

七里くんだから、私がえっちなことが大好きなことも教えたのに。

お願い……七里くん……。早く戻ってきて……。

このままじゃ私、男性の精液排泄所になりたいって……心から望んでしまいそう。

◆

そろそろ椚のとこに戻るか……。

椚の羞恥心と欲望を把握するためとはいえ、さすがに男子トイレに拘束放置プレイは大きな冒険だ。

もちろん、人が近づかない工夫はできる限りしてあるし、最終的には俺が防波堤だ。念のため、椚のいるトイレの扉に『故障中』の張り紙もしてある……。

トイレから出ていくときの、椚の怯えた顔が頭をよぎる。

弱気になるな。これは、栩のためでもあるんだ。

気を引き締め直して、用意しておいた革靴にはき替えた。

これから栩と一緒にいるために、栩のことを誰より俺が理解しなきゃいけないんだ。

栩にとって相応しいご主人さまになるためなら、俺はどんなことでもする。迷いを振り切るように、栩を驚かすためのプランを思い浮かべながらトイレへと急いだ。

◇

誰？　……七里くん、だよね？

遠くで音が聞こえた気がして、身体が強張る。

目隠しされてるからか。いつもよりずっと、神経が敏感になっている。

やっぱり……。足音だ。……ここに来ないよね？

足音が近づいてくるたびに、私の心臓の脈動も一緒に早くなる。七里くんの靴の音じゃない……！　これ、革靴。

お願い……。気づかないで……。

悪い予感から逃げるように、目を瞑り息を殺していた。

足音がとまった瞬間、目の前の扉が開いた。

嘘……。見られちゃった。時間がとまったように感じる。戸惑ってる？　当たり前だ、おまんこ丸出しにして縛られてる女の子がいたら混乱するに決まってる。

バタンとドアが閉まったと同時にカギがかかった金属音がした。

一縷の望みにかけて呼びかけてみる。

「……七里くんだよね？　そうだよね？」

だけど、どんなに必死に呼びかけても、目の前の人はなにも答えてくれない。

「ねえ、お願い。七里くんなら、返事して」

本当に七里くんじゃないの？　なら、ここにいるのは誰なの？

目隠しで見えないはずなのに、視線がおまんこに注がれてる気がした。

おまんこを見てる。私の一番いやらしい部分……七里くん以外の人に知られちゃった。

「見ないでください。……お願いです、出て行ってください」

逃げだそうと身体をよじるのに、私の身体はびくともしない。

蜘蛛の巣に引っかかった蝶みたい。

もがきながら。これから起きることに怯えていた。

私……犯されちゃう。こんなのイヤ……。

おまんこを凝視されているからか。興奮したようにおまんこは涎を垂らす。

こんなの、『おちんちん欲しい』とおねだりしてるのと同じ。

「ち、違うんです……。私、こんな恥ずかしい格好したくないんです。こんな姿、本当はイヤなんです」

本当のことを言ってるのに、乳首もクリトリスもますます硬く勃ちあがった。

違う。こんな怖い状況でセックスなんてしたくない。

「だから、お願い……見ないで……」

私の声なんて無視して、男の人は私のほうへ近寄ってくる。

「ち、近寄らないで。ひっ……」

熱い息が顔にかかり、顔を反らす。

「ああっ……やめて……。見ないで」

男の人の視線が私の身体を舐めまわすように見ていた。絶対そうだ。見てる……見られてる……！

熱い視線が注がれるだけで、乳首もおまんこも高ぶって、腰が震える。

まるで私がいやらしい子であることを調べてるみたい。

「ああ……ダメっ……ダメ」

悪い妄想が次々に現実になって、頭の中が真っ白になる。

慌てふためくなか、突然、乳首に痺れが走る。

「ふぁ……」

感じちゃダメなのに、声が出てしまった。

私が声をあげたのに気分をよくしたのか。男の人は遠慮なく、私の乳首を摘まんだり捏ねたりしはじめる。

「あぁ、や、やめて……。さわらない、はぁ」

コネコネされると、先っぽがじんじんして気持ちいい。

怖いのに、ずっと触れなかったせいで、乳首弄られるだけで身体が悦んでしまう。

「ふぅん……ん。イヤっ……」

必死に首を横に振って拒否するのに、いつの間にか男の人に胸を押しつけていた。

「はぁ、あん、やめてぇ」

必死に拒否するのに、男の人も私の身体も動くのをやめない。

ああっ……どうして……。こんな、こんなの……おかしい。

風邪をひいたときみたいに顔も身体も熱い。

胸がぱんぱんに張って、汗や涙だけでなく、乳首からいやらしい液体が噴きだしている気がした。

「お願いです……おっぱいさわらないで……。きもちよくなんか……んぁあ！　ない、はずなのに……はぁっはぁっ……変なのっ！　おがしぐ、なっぢゃう……」

七里くんじゃないのに、動揺で、下品に濁った言葉を口走ってしまう。

なんで、こんな、こんな怖いのに……。私、本当は七里くん以外の人でもよかったの？

こんな状態が続いたら私……。

イヤがる私の声が届いたのか。男の人が乳首から手を離した。

「あっ、はぁ、はっ……」

これで……もう大丈……。

安心したとき、顔に熱くて硬いものが当てられた。

「や、やめて！　お願いです、やめてください」

びくんびくんとぬめるそれは、間違いなくおちんちんだ。

「やめて……お、おちんちん……ぺたぺたしないで」

私に反応するように、おちんちんの先端が私の頬を先走りで汚していく。

知らない人が私に欲情している。このままじゃ、私……本当に犯されちゃう。

「お、お願いです……もう、やめて、んあ」

唇に当てられた亀頭が、口の中に入ってしまった。

「んぐっ……こんな……イヤぁ……ぐっ」

吐きだしたいのに、おちんちんを押しつけられて口の奥に入っていく。

熱くて生々しい肉の感触を咥えているだけで、頭がぼんやりする。

もっと、このおちんちんを口に入れたい。もっと乱暴に口の中をかき乱されたい。

舌の上でおちんちんが前後に動いては、頬肉をこする。

「むぐ……んんっ……じゅじゅぷ」

喉奥へと押しこまれ、勝手に舌や頬を動かしてしまう。

「んんん……ぐちゅじゅぷ……んんっんぐ……」

口が動けば、動くほど、おまんこが動きに合わせて収縮する。

ああ、野良サキュバスって、こういうのなんだ……。七里くん以外の人とえっちしてるのに、こんな……こんな。

濡れそぼったおまんこは、今やずっと涎みたいに愛液を垂れ流している。

外でおしっこしたときとは違う。自分でおまんこを濡らしている。

それどころか、おまんこがおちんちんを欲しがって、口を開いている。

おちんちんなら、誰でもいいわけじゃない。だけど、おまんこはもう限界っ……。

快楽にのめりこんでいく。

サキュバスの性に本来の自分の欲望が強く浮き彫りにされている。

助けて。……助けて。たーくん。

「んぐ……んむむ……んんんんん」

七里孝史だからたーくん。小さい頃、私が七里くんを呼んでいた名前。

たーくんって心の中で唱えるだけで、少しだけ落ち着くことができた。

たーくん、たーくん。お願い、早く、早……。

おちんちんの裏筋がびくんびくんと震えて、膨らんだ肉傘から先走りが噴きだす。

「……たーくん？」

ふと、おちんちんの形が七里くんのに似ている気がした。

動揺してわからなかったけど、七里くんかもしれない。そう思った途端、火がついたように私の身体は一気に熱くなった。

だ、だめ……。間違ったら、七里くんを裏切っちゃう。

舌先で鈴口を舐めると、ひくひくしながら先走りを垂らす。

精液……欲しい……いっぱいごくごくしたい。

喉奥までおちんちんを入れられたい。たくさんおしゃぶりして、おちんちん射精させたい。顔についた牡の匂いに、大きく膨らんだ硬いおちんちん。節くれ立った血管。それら全部全部……。

だめ、私から動いちゃだめ。これはきっとたーくんの……たーくん、たーくん。

トントントンと喉へおちんちんが当たった途端、一気に身体が跳ねた。

だ、だ、だいすき……。

「んっんっんんん。ちゅるちゅる。れるれる」

夢中でおしゃぶりをしていた。舌先でぺろぺろする。それだけで、おちんちんの先っぽも竿のとこもびくびくしながら悦んでいる。

びくんびくんとおちんちんが跳ねると、もっと口くちゅくちゅしちゃう。

たーくんも……気持ちいいんだ……。

呻きが洩れる。バレないようにって黙ってるんだ。ひどい……。だったらもっと……たーくんが我慢できなくなるくらい強くおちんちんに吸いつく。

「んぐぐ、ぬぐ……ぬぽっ！　んぽっ！　ぢゅぶるるっ！」

口でおちんちん全部包んで、きゅきゅって口でおちんちんの竿を絞る。

精液断ちするまで、毎日七里くんのおちんちんを舐めていた。冷静になれば……そのおちんちんを、私が間違えるはずがない。

さっきよりカリが大きくなってる……射精したいんだ……。

おちんちんいっぱい、硬くさせちゃうほど気持ちよくできた。

いいよ……私の口で射精させてあげる。

もっともっと、怖かったのが嘘のように私は頭を激しく動かした。

◆

うおおおおおっ、チンポ……蕩ける……！　さっきまで面白いくらい怖がっていたのに、チンポで喉の奥を小突いた途端、栁は一気に積極的になった。

口をすぼませながら、舌で亀頭を舐めたくり、射精させようとする勢いで頭ごとピストンしてくる。

栁の勢いに負けじと腰を動かすも、すでに圧倒されている。

これが、栁の欲望……。

俺が塗りたくった我慢汁で濡れた顔を気にも留めず、チンポにむしゃぶり吸いついている。

「ぢゅぽぽぽ、ぢゅぞぞぞぞ」

激しい頭の揺れに、溢れた唾液が垂れて飛び散る。

お嬢さまのお上品さなんてここにはない。

今の椚は、精液を求めるただのサキュバスだ。

ねっとりとした唇と舌が亀頭を念入りに舐めまわしていく。

トイレの個室は、もはや牡と牝が混ざりあった匂いと湿気で充満していた。

そろそろだな……。椚のまんこも準備万端だ。このまま、まんこでイかせてやる。

異様な熱気に飲みこまれるように、俺は最終段階へと移行した。

「ぬごっ！　おっおおおっ、ぬぽ。お、おちんちん……どこ、おちんちん。きゃあ」

「落ち着け、俺だ」

目隠しをとってやると、眩しそうに視線が彷徨う。

「た、たーくん……？」

俺の顔を見て安心したのか。また、昔の呼び方に戻っている。

椚はぱちぱちと目を瞬かせながら、次第に沸騰したように顔を真っ赤にする。

「ああっ……あああっ……私っ……私……」

この世の終わりみたいな声で叫びながら、固まったように俺を見ている。

「……私……興奮しちゃった……」

「ああ、見てた。すごくいやらしかった」

椚は傷ついたように目を見開く。

「……すごく、すごく怖かった……。知らない人にさわられたくも、さわりたくもないのに……。それなのに……わ、私……どうしようもないくらい興奮してた」

声も身体も震わせながら自分を責めるように告白を続ける。

「七里くんの……『専属』なのに……私……何回も『野良』サキュバスになりそうだった。

こんなの、ダメなのに……」

はぁはぁと息を荒げながら、栦は俺の股間を見つめる。

「お願い……七里くん。わ、私に……お仕置きして」

「お仕置きって……」

「悪い子の私に『専属』だって、おまんこにおちんちんを教えこんで」

動けないいなりに身体をよじり、栦は俺に捧げるようにおまんこを差しだす。

「お願い……。このおまんこにご主人さまのおちんちんの味を叩きこんで」

知らない男との性交を望みかけた自分を罰したい。そのために、お仕置きを望むとか。これも……栦の欲望なのか。

『専属』サキュバスの隷属心ではなく、栦の望みなら……。

濡れそぼったおまんこが口を開け、煮えたぎったようにぷくぷくと愛液を泡を立てる。

「七里くんのおちんちんの味、口だけでなく、おま、おま、んこに……ふぁあああ」

言い切る前に栦はびくんと身体を跳ねさせた。

欲望を口にしただけで、イってしまうほど俺を求めている……。

「ふぁああ、もう、もう我慢できない。いやらしい気持ちが、とまらないっっ」

びくんびくんと、ひとりで何度も達している。

間違いない。栁はもう、俺の『専属』なんだ。ぢゅぷ……と亀頭が沈みこむ。ゆっくり、ゆっくり……根元まで。

「はあああああっ……ああっ……おちんちん、お腹えぐって」

「くぬぎ……しっかり覚えるんだ……」

ギリギリまで引き抜いて、もう一度、注射みたいにチンポを膣内へゆっくり押しこんでいく。

粘膜がぬめって……一気に子宮まで貫けそうだ。

正直、できることなら今すぐ腰をぶつけまくって、栁をイかせまくりたい。

けど、これは調教だ。

ほかの男でもいいと思いかけてしまったことに苦しむ栁のためにする、ご主人さまとしてのお仕置きだ。

「ああっ、七里くんのおちんちん、こんな、こんな……逞しかったなんて……。私、全然わかってなかった」

「くぅうう、こ、こら。きつくするな」

「あぁぁ、ご、ごめんなさい。あまりにもおちんちん素敵だから、つい味わいたく……」

腹の力を抜いて膣壁を緩めるも、すぐにまたチンポを締めつけてくる。

椚の白い腹に俺のチンポがしっかり形づいて、蠢いている。

「はぁああ、ダメっっ……。おちんちん気持ちよくて、おまんこ、ゆうこと聞かない」

椚なりに力を抜こうと、腰をくねらせるもむしろ逆効果だ。

さっきからマン肉が俺のチンポに吸いついて離れようとしない。

「ふあっ、んあっ……ああっ、おまんこ広がってる……どんどん大きっ……んあぁん！」

粘膜の狭まりに強く押し入っただけで、椚は腰だけでなく胸も跳ねさせた。

「ごめん、なさっ……ひっ、ひん……おちんちん。七里くんの竿が太くて、すっごくすっごえっちになっ……おおおっ！」

焦らすようにピストンをすれば、粘液が溢れだす。

「イッてる場合か。ちゃんと椚のやらしいおまんこで覚えるんだ」

「あっあああぁ、イクっ、イッてます！」

「はい、はい。七里くんのおちんちんの硬い先っぽ……早く……子宮にき、き、はぁあああああん!!」

言われるがまま子宮まで押しこめば、想像以上に椚は悶絶する。

「いっぱい、いっぱいえぐってる。大きな傘が引っかかって、こす、こすっひゃああ！」

「ああっ、そうだ。これが椚の大好きな俺のチンポだ」

「は、はひ。七里くんのおちんちんの形、覚えます」

椚の言葉に反応したように、結合部が引き締まる。

「っつ……」

熟した果物みたいに粘膜は蕩けている。こすっただけでチンポまで崩れそうだ。

「あっあああ……無理。こんなの、おかしくなっちゃう。こんなお仕置き、おまんこおかしくなっちゃ」

「お仕置きだからな……きつくて当然だろ」

「そ、そうだけど、はぁ、あぁ、あん」

こらえきれず椚は身体をよじらせ、自ら腰を動かしはじめる。

「もっと、もっと……硬いの奥に……んんっ。私の子宮を、いっぱいズボズボ……はぁあん」

ぐちゅぐちゅと卑猥な音をたて、動けない身体で快楽を得ようと躍起になっている。

「言うことがきけないとか、悪いおまんこだな」

「はい……だから、いっぱい。んんっ……おちんちんを覚えなきゃ……ダメ、ダメなの」

ずん、ずんと腰を上下に動かし続ける。

「んぐっ……んんっ……んんんっ」

切なそうに俺のピストンに合わせ、ひたすら腰を揺らす。

思うようにいかないことを、自分への罰のように感じて椚は自ら刺激を高めている。

「んぐっ、んあっ、あふっ」

「くっ……」

椚の柔らかな粘膜の打ちつけは、どんどん俺の余裕を奪っていく。

気づけば椚が腰を押しだすと同時に一気に突きあげていた。

「はひゃぁあああああぁあっ!!」

ずぱんぱんと、椚の絶頂を急きたてるように腰をぶつける。

「おおおおおっ、奥、奥当たってる。あああああー!!」

イキながらも椚は腰をとめようとしない。

ぐちゅぐちゅと互いの粘膜をかきまわし、打ちつけ、粘液を跳ね散らす。

今、誰かが、ここに訪れたら、間違いなくセックスしていると気づかれるだろう。

そんなことすら、気にもとめなくなるほど、俺も椚も互いの身体を貪った。

ずぱん、ぱん、ぱんぱん。

「んおっ、おおおっ、椚……お仕置きの最後は、どこに出すべきだと思う?」

椚が『おっ――ぐ!』と言いかけたのは奥なのか、おまんこなのか、はたまた単なる潰れた喘ぎ声なのか。しかし、ギリギリで残った理性が罰を受けている自分という立場を思いださせたのかもしれない。

すぐに椚は言葉を呑みこんで、何度か呼吸したあと言い直した。

「そ、外に……。私の身体に、ご主人さまの精液を……んっ、はぁっ……あ、浴びせかけて、私に、排泄して……ッッ……ください!」

食事よりもお仕置きを優先する。

異常なほどの従順な態度に、支配欲みたいな興奮を覚えてしまう。

根元まで押しこみ、怒涛の勢いで子宮を貫く。

「ひぃいいいいいん。ダメ、膣内じゃなくて、外、そ、んんんっん、ああああっ」

絶頂に巻きこまれる前に引き抜き、椚の全身に叩きつけるように射精した。

「はあああああああああっ」

びゅううううっ‼　びゅるるるるっ‼　びゅく！　びゅっ！　びゅっ‼

全身くまなく精液を浴びせ、椚に便器の気分を味わわせる。

「すごい……たーくんの熱い精液……わた、私の身体に」

頬を上気させながら、精液を浴びた事実を噛みしめている。

「んんっ……これでもう私……七里くんのおちんちん忘れない……」

ぱっくりと開いた膣穴をひくつかせながら、椚はぢょろぢょろと失禁した。

「ああ、そうだな。お仕置きをがんばったご褒美だ」

指で精液をたっぷりすくいとって口に含ませてやると、椚は赤ん坊みたいにちゅぱちゅぱと吸いついた。

「……嬉しぃ」

全身で俺の精液を受けとめたことでよほど満足したのか。

椚はうっとりしながら、精液を味わった。

◇

早く……放課後にならないかな……。

まだ昼休みだというのに、気づけば七里くんのことばかり考えていた。教室であまり視線寄越すなって言われていたから、自然と内に向かって悶々としてしまうのは仕方ないと思う。

限界を見極める実験を終えたあと、たっぷり与えてもらった精液で心も身体も浮ついているのが自分でもわかる。ネムちゃんが言っていた穴――お口、おまんこ、おしりはすべて試してみた。一番いいのはやっぱりおまんこに注がれることだけど、おしりは精液の影響の出方がほかと全然違う。

なんというか、急激に精液の成分が全身を駆け巡って、なにも考えられなくなるというか……あれは危険。危険だけど、得がたい快楽なのも確かだった。

お口でするのは愛おしさが溢れてくるから好き……。ご奉仕しているという感覚もあるし、七里くんと向きあっての行為だから安心感がある。

「しのん、聞いてる？」

すでにお弁当を食べ終えた瑠珠が、心配そうに私の顔を覗きこんでいた。

「ごめん、瑠珠。えっと、からあげバイキングの話だよね？」

「それ、今朝、話したヤツぅ。今はこの新作お菓子の話」

怒りながらも、瑠珠はお菓子を差しだしてくれた。

「そうだったね。ごめんね。んっ、これおいしい」

「でしょ？　けど、しのん、前よりぽや～ってしてるよね？　もしかしてしちりんに変なことされてる？」

覗きこむように瑠珠が私に顔を近づける。

「ううん。そんなことないよ」

思わず、中途半端な笑顔でごまかしてしまった。

自分たちのしていることが一般的に見て『変なこと』か考えると、そうだと肯定せざるを得ない。だけど、生きものとして前提が変わってしまった私にとっては、とてもとても大切なことで。

でも、そう考えることを免罪符にしているという自覚も、瑠珠を前にしているときは特に強く感じる。瑠珠に見つめらると自分のいやらしさが浮き彫りになるというか……。

「ほんとかなぁ。今のちょっとごまかした気がする～」

「……そうだね。確かにごまかした。ちゃんと言うね。瑠珠から見たら変かもしれないけど、それは瑠珠にとって馴染みがないことだからで……」

「イヤな思いをしているわけじゃない？」

「うん」

「そっか。それならいいけど。でもちょっと悔しいかなぁ」

「悔しい？」

「あたしにはわかんないって言われてるわけじゃん？」

瑠珠は本当に性的なことに関してまっさらな状態を保っている。

興味を持つ機会がなかったのか、ほかにもっとおもしろいことがありすぎたのか。信じがたいことだけど、同い年なのにオナニーの仕方すら知らない。

そんな瑠珠だから、私が七里くんと普段どんなことをしているかも、理解には程遠い状態だった。できれば瑠珠には七里くんとのことをわかってほしいけど、どう説明すればいいのか途方に暮れているのが正直なところで……。

「前にも言ったけど、少しずつ知っていってもらいたいと思ってるよ」

いっそオナニーくらいは私が手ほどきしてもいいんじゃないかと思いはじめてもいる。そうしたら、えっちは気持ちいいっていう普通の感覚が瑠珠にも芽生えるかもしれない。

「あたしはいつでもオッケーだよ～」

あれ？　オナニーを人に教えてもらうって、結構とんでもないこと？　たとえば七里くんに手取り足取りオナニーの仕方を教えてもらうとしたら……。

んんっ……。やだ、想像しただけで、おまんこグヂュグヂュする。

「ほら、また、ぽや～んってなった」

いま私、瑠珠となら普通にあり得ることとして考えてしまってなかった？　少し前は私だって自慰行為について表立って言うなんて絶対無理と思っていたはずなのに……。自制していないと感覚が麻痺していくのかも……。

「もう、逆に気になったし。イヤじゃないにしても、しちりんのことだからアホなことしそうだし」

「そ、そんなことないよ」

ここ数日のプレイが思い浮かんだ途端、びくんと身体の奥底が震えた。

「ほら〜やっぱなんか隠してる」

「本当に心配することはなんてなにもないの。むしろ……」

「むしろ？」

「こんなに幸せでいいのかなって思って」

「惚気か⁉　も〜、幸せボケってやつ？」

「ふふっ、そうかも」

「え〜、想像できない。しちりんになにされてるの？」

「ふふ……ゆっくり教えるね。瑠珠には否定されたくないから、いいものだって順序立ててわかってもらうつもり」

「えー、なんかこわい」

七里くんとえっちなことをするたびに、自分でも知らなかった本当の欲望がわかる。

こんなに自分が変態だったことを、七里くんが教えてくれる。

七里くんとするプレイは怖いものも多いけど……今ではどれも私のことを考え抜いた上であしてるんだってわかっている……。

なにより、あんな刺激的なセックスをしたら、もうオナニーだけじゃ満足できない。

「ま、しのんが大丈夫だって言うなら信じるか」

「ありがとう、瑠珠」

瑠珠の明るい笑顔を見たら、小さな不安はいつの間にか忘れてしまった。

◆

「七里くん、お待たせ」

放課後、最寄り駅で楷と待ちあわせて、一緒に帰ることにした。

「今日は……どんなことをするのかな？」

「ずいぶん前向きじゃないか」

「だって……」

頬を染めながらも、期待するように俺を見つめる。

「膣内に入れてもらえるから？」

正直に小さくうなずいた。

「もう解禁日も迎えたし、久しぶりに普通のえっちがしたいな……」

駅で待ちあわせして正解だ。

えっちしたいって顔になってる。

「俺……椚としたいことがあるんだ」

「それって……どんな？」

「現物を見たほうが早いから、家に着いてからのお楽しみだな」

「……？　わざわざなにか買ったの？」

「ああ。まぁ、プレゼントするつもりで」

「……嬉しいっ」

感激でまた泣きそうになってないか？

「いや、言っとくけど、誰もが喜ぶかっていうと無理だと思うから……嬉しいかどうかは見てから判断してくれ」

「でも、私に合うと思ったんでしょう？　それだけで私は嬉しい」

もうちょっと疑ってくれると、こっちも気が楽なんだが。

「言っとくが、俺たちの関係特有のプレゼントだからな。ある意味、椚のいやらしさをもっと膨らませるアイテムっていうか……」

「そ、そういう、方向ね……うん、大枠は理解、しました」

何度もうなずいて納得している。

「それでも、七里くんが選んでくれたものだから……試しもせずに拒絶はしないよ」

「そう言ってくれるとありがたい」

「でも、そうゆうのはじめてだから……ドキドキしちゃうな」

「安心しろ。俺もはじめてだし、栩だから使いたいんだ」

「私だから……」

よほど嬉しかったのか。何度も『私だから……』と呟いている。

あれを使う栩がどんな顔をするのか……。見たい……今すぐ。

歩きながら、俺はすでに勃起していた。栩もそれに気づいていた。

◇

「んんんっ……んんっ……」

七里くんが部屋に戻るなり、プレゼントされたもので私は拘束された……。

「つけ心地はどうだ？」

なんだか……落ち着かないどころか変……。

バイトギャグというものらしい。漫画で犬がしゃぶる骨みたいな棒にベルトがついていて、それを咥えた状態で固定されてしまった。必然口は半開きで塞がれて、しゃべっても ちゃんと音にならない。うーうー言っているだけになってしまうし、気を抜くと涎が垂れてしまう。

〈ねぇ、やっぱりやめよう。怖いよ……〉

振り向きたいのに、カチャと手錠が邪魔をする。オモチャの手錠でも動きを制限するには充分なものだった。

「そうか、そうか。嬉しいか……」

〈そうじゃないの、怖いの。お願い、やめて〉

一生懸命お願いするのに、バイトギャグのせいでうまく話せない。

バイトギャグか手錠だけなら、平気かもしれないけど……。

なにより、この格好……。

「犬の降参ポーズみたいだな」

指摘された途端、顔から火が出たと思った。

「少し不自由な格好でえっちするほうが、興奮すると思ったんだ。枷も刺激が強いほうが好きだろ」

〈好きじゃないよ……。ねえ、お願い。外して〉

「ん？　もしかして痛いか？」

〈痛くないよ……。でも……こんなの怖い〉

近づいた七里くんに、目で訴えてみるけど全然伝わらない。

「いい眺めだな」

七里くんが見ているのは股間だった。

下着を脱がされたせいで、すべてがさらけだされている。

〈七里くんの目、怖い……そんな目で……見ないで……〉

「大丈夫だ……。今からしてやるからな」
〈違うよ……。ねえ、お願い……話をさせて……〉
ダメだ、全然通じない。口をもごつかせながら、言えない言葉を飲みこんだ。
今までも怖かったことはたくさんあったけど……。
今日が……一番怖いよ。
七里くんに犯されながら、私は泣きだしてしまった——。

第六章 告白

栩を泣かせてから一週間経ってしまった。

同じクラスだからイヤでも毎日顔を合わせるけど、気まずくて今も話しかけられないでいる。

当然、栩から話しかけられることもなく、それどころか目が合うだけで顔を逸らされている。完璧にきらわれた。

俺が悪いけどさ……。どうすればいいんだよ……。

栩の席のほうを盗み見ていると、目の前に誰かが立ち塞がった。

「七里、ちょっと話があるんだけど」

見あげると、赤崎の顔は不機嫌そうだった。

ちゃんと名字で呼んでくれているのが、怒りの本気度を表している。

「俺は話すことなんて……」

「あたしがなにを言いたいか、わかってるよね？」

俺に拒否権はないってことか……。

なにも言い返すこともできず、観念して赤崎と一緒に廊下へ出た。

人気のない廊下の隅で、赤崎は低い声で俺を問い詰めた。

「しのんになにしたの？」

「なんで、おまえに話さなきゃならないんだよ」

逃げることもできず、俺は狼狽えることしかできない。ただでさえ、栴に謝れなくて情けないのに、これ以上格好悪い姿を見せるなんて最悪だ。

「あたしだって、ふたりの問題にあたしが出てくるのは違うと思う。でも、一週間もしのんを落ちこませてるなら話は別」

栴は俺がしたことを赤崎に話さなかったのか……。

険悪な状況になってなお、栴に庇われているなんてツラすぎる。

いっそ、俺を責めてくれたら楽なのに。

「……わからない」

「なにそれ？　わからないってことはないでしょ」

「栴が心の底で望んでいることだと思ったんだ。でも、泣かせてしまった」

泣かせたって言葉に赤崎の眉があがった。

「しのんがあんたを信じるって言ったから、あたしは一歩退いたのにもうお手上げなの？情けない」

「……悪かったと思ってる。でも、どこがどうダメだったのか話もできないまま帰っちまって……」

「それで？　時間が解決するまで、なにもしないで待つつもり？」

「そんなつもりは……ない」

はっきり『こうするつもりだ』と断言できないのが悔しい。

「しのんはあんたがいないと大変なんだよね？　それならわかんないなりに謝るとか、なにが悪かったのか教えてくれって土下座するとか」

「それができる人間だったら俺の人生もっと明るかっただろうよ……明確に拒絶されて、きらわれて、それでも関係を修復するなんて俺には無理すぎる……」

「しのんがあんたをきらってる？　ありえないし」

なんで赤崎が自信満々なんだよ。『親友ですから、わかってます』ってか。

「言っとくが、俺のほうがおまえより栁と付きあいが長いし、どうゆう性格か知ってるんだ」

「言う割りには、喧嘩した原因がわからないんだ？」

「すみません。返す言葉もありません。でも……あいつは一度こうと決めたら絶対自分をまげないんだ」

呆れたように赤崎は大きなため息をついた。

「だからずっと好きでいたんじゃん。なに言ってんの……あたしが知ってる限り、しのんからしちりんの悪口なんて聞いたことないんだからね」

「そりゃ、栁の性格からして大っぴらに言わないだろ」

「しのんは人の悪口は言わないけど『困った』とか『イヤだな』とか文句も不満も言うよ」

確かに……。椚は真面目だから、いい加減なやつには結構厳しい。

委員長や生徒会長としてまとめる立場にいるから、俺みたいにいい加減な奴に手を焼くせいで苦労も多いんだろう。

「でも、それは赤崎の前だからなのもあるし」

「あのさー。前から思ってたけど、なんでそんなしのんに対して『でも』が多いの？」

今度こそ、なにも言えなくなった。

嫌味でも意地悪でもなく、赤崎にとって純粋な疑問だったんだと思う。

だけど、今のが一番堪えた。椚に対してだけじゃなくて、俺のダメな部分だからだ。わかってる。俺は……素直に肯定するってことができないんだ。

「ちょ、ちょっと、なんでそんな暗い顔になんの？」

人を信じるということが下手すぎる。その自覚は充分ある。だけど、人間関係に絶望してしまうような人生だったんだ。仕方ないだろ……。

「ええー黙んないでよ。ちょっと考えればわかるでしょ？　しのんがどんなに性格よくても、きらいな人と一緒にいるほどお人好しじゃないよ」

「赤崎は俺のことをきらいだけど、いま一緒にいるだろ」

「だからなんで『きらい』って決めつけてんのって話！　あたしのは『ムカつく』であって『きらい』じゃない！　しのんがしちりんのこといっつも気にするから……あたしも気になるっていうか。って、あたしの話はいいでしょ」

思わぬ本音に自分でも驚いたのか。赤崎の顔は真っ赤だ。

つまり、赤崎が俺に突っかかってきたのは、椚が自分じゃなくて俺を気にしてるからってことか？　いや、わからんすぎて……わからん。

「とにかく、しのんはあんたのことときらいじゃないから。ここまで言ったらわかるよね？」

「一応……」

「いい？　しのんと仲直りしなきゃ、許さないからね」

言うだけ言うと、赤崎はさっさと教室に戻っていった。

「きらいじゃないって……。そんなの」

◆

放課後になると、今度は豊春に引き留められた。

「七里くん、今日はひとり？　それなら久しぶりに一緒に帰ろうよ」

「おう、いいぞ」

「………………」

なんだよその間は……。めずらしくまともに返事してやったのに。

「冗談なら、俺帰る」

「ま、待って。待って。冗談じゃないです」

先に歩きだした俺の隣に豊春が駆け寄ってきた。

「えへへ……ごめんね。ちょっと驚いちゃった」

たかが帰宅なのに、なにがそんな嬉しいんだ。

しかし、ニコニコされると、なぜだか今までのように突き放しづらい。

「あのさ、なんでおまえはしょっちゅう俺にくっついてくるんだ？」

「えっ？　僕そんなに七里くんにくっついてる？」

自覚がないのかよ。無意識とか、かなりやばいな……。

「俺、おまえの扱いが雑だし、べつに一緒にいても楽しくないだろ」

「そんなことないよ……。確かに七里くんは突き放すように振る舞うけど、それは僕だからっていうより人と距離をおきたいだけだし」

俺の性格をわかっているなら、ますます俺といたがる理由が謎なんだが……。

「実は優しいの知ってるから、一緒にいるだけで僕は嬉しいよ」

「物好きだなおまえ……」

「そう、なのかな。たぶん、動物の本能みたいなヤツっていうか……」

「ハァ？」

「懐いてる、みたいな？」

「俺はおまえを手懐けた覚えはねぇ」

「うぅ……そっかぁ。覚えてないかぁ……。でもいいんだ。見返りとかがほしいわけじゃないし」

「なんか気持ち悪いな、それ」

「えぇぇ～、なんで!?」

友達は見返りを求めてなるものじゃないとか、そんなことを言いたいんだろうが、あいにく俺はそういう美しい情緒を自分の中に育てられなかった人間だ。

「ちょっとトイレ。寄っていいか？」

「あ、うん。……これってもしかして、連れションっていう……わ、わ、はじめてだ」

連れションで喜ぶってオカシイだろ。

「一緒にしたいわけじゃねぇよ。ぱんつ脱ぐだけだ」

「え……」

空き教室のほうが安心だが、豊春を連れていく気にはなれないし、遠まわりしているうちに椚が帰ってしまうかもしれない。トイレに入るなり、豊春に荷物を預けてパパッとズボンとぱんつを脱いでチンポを握った。もうコレしか思いつかねぇ。

「ふぇっ……なにゃっ、七里君!?」

ズボンもぱんつも預ける。豊春の目の前でオナるなんて屈辱だが、今日で一週間、仲直りできないままだと明日明後日は土日で顔も合わせず、月曜日に椚の限界がきてる計算になる。今日のうちに手を打たないと……。

「いいか。俺がこんなことしてたって誰にも言うなよ」

「う、うん……」

実際そこはまったく心配してない。そもそも豊春は俺に輪をかけてコミュ障で俺以外のヤツでは……ネムと榊、おまけで赤崎くらいとしか話しているのを見たことがない。たぶん男が怖いんだ。って、俺は男扱いじゃないのかよ。

榊を思ってヌクべきだろうとは思うけど、今あいつをオナネタにするのは罪悪感で無理そうだ。ただでさえ豊春がいるってのに……。

「おまえに見せるためにやってんじゃねぇからな」

「で、でも……お、おちんちん、こんなすぐに大きくして……す、すごくて……」

クッ、なんだこれ。こいつ妙に女子っぽいところがあるからな。恥ずかしそうにする表情が……やめろ！　目を閉じてナナリー先生を思い浮かべるんだ。あの人といつか、えっちすることを想像して……。そう……そうだ……さすが俺、瞬間妄想力。

「あ、あぁ……七里君のオナニー……七里君のぱんつ……」

妙な生温かさを感じて、シコりながら薄目を開くと、豊春の顔がチンポの間近にあって熱い息を吐きかけていた。

「うわ近っ！」

「ご、ごめん！」

「い、いいからぱんつ寄越せ！」

脳内に先生のエロ妄想を曼荼羅のように展開して、強引に射精まで持っていく。

「う、ううっ！」

ぱんつの、ちょうどチンポが収まる部分に注ぐように射精する。当然ながら豊春は混乱状態だ。念入りに尿道から残りの精液をコキとって、ぱんつになすりつける。

そして豊春の持つズボンと精液ぱんつを交換した。

「え……え……？」

ベルトを締めて荷物も取り返す。豊春の手に俺のぱんつだけが残された。

「校門で待ってるから、今すぐそれを椚に渡してこい。日誌つけてたからまだ教室にいると思う。ちゃんと渡せたらお礼に一緒に帰ってやる」

豊春の顔が絶望に染まっていく。

「ぼぼぼ僕を変質者にする気⁉」

「ちげぇよ。椚にとって……ああっ、とにかく俺からだって言えば椚はなにも騒ぎ立てないから。どうにもならない事情があって、これがあいつに必要なんだ。ワケは聞くな」

「ぼ、僕が汚したって勘違いされるんじゃ……」

「あり得ない」

「うぅ……じゃあ」

丁寧に精液で濡れた部分を内側に折りたたんだ豊春は、自分のバッグから小さな紙袋を取りだした。……なんで男がそんなかわいらしい紙袋持ち歩いてんだ。

「これに入れて渡してくるね」

「おう。頼むな」

「……人生最大の試練だよ」

◇

まさか豊春くんをメッセンジャーに使うとは思わなかった。たぶん、中身はなんだかわかっていて、でも事情を聞かされていない感じだった。

相当困ったと思う。……ごめんなさい。でも、七里くん、どうにかして渡そうとしてくれたんだ……。

「七里くんのぱんつ……しかもたっぷり精液」

中身がなにかわかって、家へ連絡して迎えの車を大至急手配してもらった。

紙袋では濃厚な匂いを車内で隠しきれないから、ビニールで密封しなおして、車の中ではバッグの奥に隠して大事に抱えていた。挙動不審だったと思う。

今日一日履いていたぱんつに、射精してくれたんだ……。このままだと週末で私がおかしくなると思って……。ギクシャクしていても、きちんと考えてくれている。

七里くんのぱんつを握っているだけで、この一週間抑えていた欲望が疼きだす。

気づけば、ぱんつに引き寄せられるように顔を近づけていた。

「ああっ……七里くんの精液の匂い」

たった一回嗅いだだけで私の頭はすっかり精液の味を思いだす。

「はぁ、はぁ……。一週間ぶりのおちんちんの匂い」

この、ぱんつの中にいつも、おちんちんがしまわれているんだ。

「すぅうう、すぅううう」

何度も精臭を吸ってるうちに、頭の中がおちんちん一色になる。

ずっと精液飲んでないからかな……。なんだか、七里くんの幻覚が見える気がする。

サキュバスの能力なのか。それとも、私のただの妄想なのかわからない。

ただ、目の前に七里くんと七里くんのおちんちんがあったら、私はきっとなにひとつ我慢できない。

「七里くんのおちんちん……。こんなガチガチにして……」

座りこんで妄想の股間に顔をうずめていた。

「じゅる……。まだ、七里くんはおちんちん許可してないのにさわっちゃ、ダメ……」

喋った途端、口の中にたまった唾液がぱんつに垂れた。

「あっ……汚れちゃった」

七里くんのおちんちん……私の唾液で綺麗にしてあげたい。

「くんくん……。七里くんのおちんちん。朝勃ちの先走りやおしっこの匂いも、精液の匂いの奥に感じられる」

今日一日ずっとおちんちんが当たったたこの場所は、七里くんの一日の汚れのエキスが詰まっている。

私……七里くんのぱんつをオカズにしてる。

妄想とは違う。本物のオカズがあるだけで、いつもよりおまんこ疼いてる。

七里くんの勃起おちんちんに、私の身体は発情しちゃった。

乳首も……クリトリスも……おちんちんと一緒に勃起して、えっちの準備をしている。

「ああっ……おちんちん。おちんちんも嬉しいの？」

大好きなおちんちん……。私の吐息で大きくなってる。

そんなおちんちんに、私の膣内も収縮していた。

このまま、したい……。おちんちんで……いっぱいいっぱいイカせてほしい。亀頭でおまんこを無理やり広げられたい。

「ああっ……ダメ、はぁ、はぁああん」

想像した瞬間、私の身体は大きく跳ねた。

「そんな……。私……おちんちんの匂いだけでイッちゃったの？」

絶頂の余韻に腰が揺れている。

それだけじゃない……。ぱんつ、濡れてきちゃった。

おちんちんの匂いで、快楽を思いだしたようにおまんこはひくひくしている。

まだ匂いだけなのに……なんで私……こんな気持ちいいって思えるの。

膣口だけじゃなくて、さっきからずっと膣内が疼いて、うねっている。

おまんこだけでなく、お尻の穴までひくひくしている。

「んああっ……。こんな、こんなにえっちな気分になるなんて……」

七里くんの『専属』になって、ちゃんと身体もサキュバスとして順応してたんだ。

もう私は七里くんだけの精液排泄所でおちんちん穴だ。

呪いとか関係ない。

私のいやらしい本質を肯定して、受け入れてくれた七里くんは私の特別な人だ。

七里くんがご主人さまとして振る舞うかどうかにかかわらず、私自身が七里くんだけの専属サキュバスという特別な存在になりたがっている。

もっともっといやらしいことがしたい。

「七里くんのおちんちんが欲しいです」

七里くんはいないのに、私は七里くんがいるつもりでお願いをする。

「はぁはぁ……七里くんのおちんちんも、精液も、汚れもぜんぶ、私にください」

お嬢さまでも生徒会長でもない。

私はただのえっちが大好きな女の子だ。

「はむ……。んんんっ。もう、おちんちん……我慢できないよ」

許可もなく私はぱんつを咥え、ぢゅるぢゅるとおしゃぶりをはじめる。

はしたない私。だけど、七里くんがそれでいいと教えてくれた。それなら、私は七里くんの『専属』サキュバスとして欲望のまま生きるしかない。

「ぢゅる、ふぅう……。七里くんのぱんつもおちんちんも、しょっぱくておいちい」

ぱんつに鼻と口をこすりつけて、私は倒れこんでいた。

「もっと……もっと……おちんちん。七里くんのおちんちん、いっぱい感じたいよ……」

ぱんつを口に入れ、濃厚な匂いと味を噛みしめる。

大好きなおちんちんの味に夢中になってるうちに、もじもじと動かしていた腰も大きく揺らしていた。

「んうぅぅ……あぁぁ……」

ぐちゅ、ぐちゅと、動くたびにおまんことクリトリスがこすれる。

「はぁ……やだ……。今度は……ぱんつでイッちゃう」

どうしよう……。さわりたい……。でも、でも、七里くんのおちんちんがあるのに、ぐちゅぐちゅしたら……。

もぞもぞ動くだけで、おまんこが切なく熱をあげる。

「はぁ、はぁ……でも、このままじゃ……」

もうずっとおまんこは快感を求めている。

強い刺激が欲しくて欲しくて、おまんこの奥から、私にさわれって命令している。

いつの間にか私はおまたに手を伸ばして、おまんこを上下になぞっていた。

「はあああん！　こ、こんな……こんなの……」

愛液でぴったりくっついているせいで、なぞるだけで摩擦が起きる。

それに……さっきから愛液がとまんないよ……。

ぱんつの上からいやらしい形が浮き彫りになる。

「こんな、こんな気持ちいいの、我慢なんてしちゃ……ひゃあああっ」

一番敏感なクリトリスをこすった途端、痺れが全身に走った。

とっくに皮がむけているせいで、いつもより、びくんびくんって腰が跳ねてしまう。

「おまんこ……気持ちいい……へっ、へっ、ぁああっ」

七里くんの指だと思いこんで、強くクリトリスをこねまわす。

こすこす、ぐちゅぐちゅ、直接おまんこにさわらないぶん、激しく指を往復させる。

「あ、あ、ああっ……悪い子まんこ、すぐ、イッちゃ……ひゃあぁ」

おちんちんをほっておいた私に七里くんがお仕置きしてくれる。

すぐ気持ちいいことに夢中になっちゃう私に、敏感なクリトリスをこねこねして虐めてくれる。

「ひゃああ、ダメェ……。こんな、こんなしたら、おちんちん欲しくなる」

手加減なしの本気のお仕置きは、サキュバスになった私にとってご褒美でしかない。

……ううん、本当はずっと私がえっちな人間だってことを七里くんに教えたかったの。

「おんっ、おおおっ！　お仕置きなのに、イクっ……イクっ……」

仰け反りながら、気持ちよさに任せて愛液を漏らした。

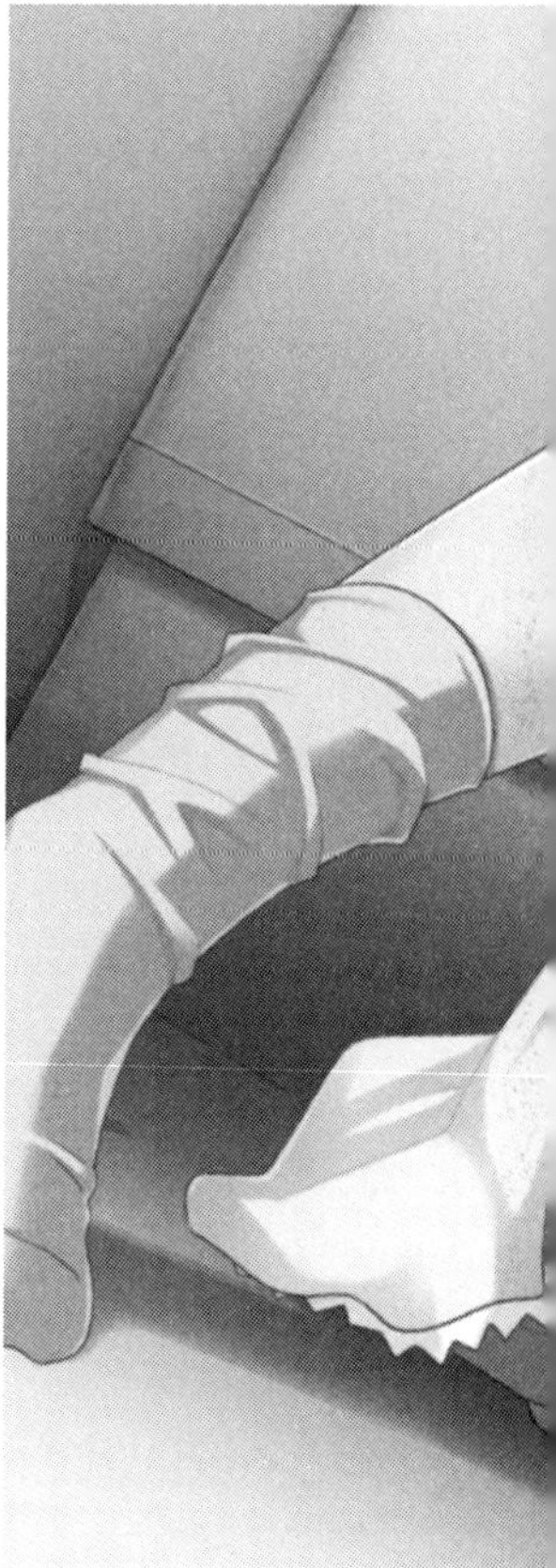

もうぱんつはすっかりぐしょぐしょで、本来の役目がなくなっている。

それなのに、私は指を動かすのをやめない。

「ああっ……お漏らしごめんなさい。でも、でも、七里くんの指が気持ちよくて、おまんこ喜んじゃうの」

もっと……えっちになりたい。私がどうしようもない変態だということを七里くんに教えたい。

「だから……悪い子のおまんこにもっとお仕置きして」

ぱんつをずらして、私は今度こそ直接おまんこに触れる。

「七里くんの指で……私のえっちな穴にいっぱいお仕置き……っあ」

穴には触れずに、ただ、ひたすらまわりをくるくるなぞる。

「あっ、あっ、あっ……もっと、穴に……。窪みに挿れて……」

太腿を揺らして、お仕置きをお願いする。

おちんちんみたいに七里くんの指でズボズボしてほしいのに、指は下へ滑り落ちていく。

「くうぅん……な、七里くん？」

指がおりたのはお尻だった。

「……だめ……。き、汚い」

七里くんにお尻の穴を弄られたことはある。

だけど、私自身はしたことがない。

「お願い……お尻は……ああっ！」

迷うことなく、ぬめった指はずぶりと入る。

「あ、あ、ダメ……。こんな汚いとこ……あぁぁ、ああっ！」

指をお尻の中にずぶずぶ埋める。

おちんちんより、ずっと小さいのに私は怖くて仕方ない。

「や、あ、あぁぁ、だめ、動かないで」

口では拒否するのに、私は指を深めていく。

ずぶずぶと限界まで入れると、今度は抜き差しに移る。最初は肛門の締めつけが指につ
いてくるだけだったのが、段々と緩んでぐぽぐぽ音が鳴りはじめる。

「ああっ……だ、だめ。す、するなら、おまんこ、おまんこがいいの」

抜き差しに合わせて、お尻がキュッキュッと収縮し、弛緩しては空気を取りこむ。

「うそ……。私、お尻がいいの……？　はっ、あっ、ああ……」

こんな、こんなとこまで、七里くんが気持ちよく変えちゃうの？

信じられないのに、指を動かすのに、腰がだんだんと痺れてくる。

身体の震えが激しくなるのに、私は抜き差しをやめない。

「だめ、だめ……お仕置きなのに、気持ちよくなっちゃ、ダメ」

お尻の突きあげと一緒に、膣穴が気持ちよさそうにひくひくする。

「はぁん……ダメェ……。お尻、気持ちよくなったら、私……もう戻れない」

汚い場所も七里くんが、気持ちいい場所に変えてしまった。

それなら、私の穴はすべて七里くんに使ってもらう場所だ。七里くんに捧げなきゃ。

「ああっ……イヤ、お尻だめぇ……はっ、あっ」

身体を仰向けに倒れると、穴を差しだすように私は足を広げる。

腸壁を刺激されて、膣穴からは愛液がどんどん噴きだし続ける。

もっと、もっと……気持ちよ……ああっ！

身体の内側が燃えてるみたいに熱い。

熱くて、熱くて、汗と一緒に粘っこい粘液も噴きだしている。

「だめっ……。七里くんやめて」

お尻を弄られているうちに、快感に尿道へと快感が響いていた。

「ひゃあああ、ダメ、やめて。で、出ちゃうよおしっこ……」

ふつふつと沸騰してるみたいに、おまんこの表面が震える。

「ダメ……出ちゃう、出ちゃう。おしっこ……出ちゃう。このままじゃ、私……悪い子になっちゃう……本当にお漏らししちゃうよぉお！」

お尻でイクだけでも……えっちなのに、本当にお漏らしなんてしたら私、変態って認めなきゃいけない。

今までがんばって、いい子で皆に認めてもらっていたのに……。

いいの……。七里くんに悪い子の私を見てもらう。

「んあああっ……おまんこぴゅっぴゅダメ！」

下品な言葉と乱暴な指の出し入れを繰り返す。

怖いのに、どんどん、気持ちいいのがくる。お尻のなか、七里くんのおちんちんで広げられている。

息を吐くごとに、胸とお尻の揺れが早くなる。

「くる……！　キちゃう……。ああっ、もうダメ、もうもう、あああああ!!」

期待と失意でいっぱいになったた瞬間、しゅいいいぃいぃパタパタパタとおしっこが溢れ床を塗らしていった。

「はああああぁ……こんな、私……」

本当にお漏らししてしまった……。

七里くんの命令でなく、自分の意志でお部屋でお漏らしを望むなんて。

こんな……こんなの……。

誰も見ていない。それなのに、とんでもないことをしてしまったと恥ずかしくなってしまう。だけど——。

はじめていい子じゃない私を認めちゃった……。

「本当に……七里くんが私を変えちゃった……」

正直、七里くんの『専属』サキュバスになれたときより、嬉しかった。

尿と愛液で濡れたせいで。快感でひくつく膣穴からぷくぷくと粘液が泡立っている。

「んあっ……ああっ……はぁ」

早く、掃除しないと染みや匂いが残っちゃう……。

もっと、快感を味わいたいと、私はおまんこに指を這わせていた。

◆

昨日、ひと晩考えた結果、俺は椚と仲直りすることを決めた。

これまでの俺は、椚のためと言いながら、結局、椚とのセックスを楽しんでいたんだ。サキュバスの性質ばかり見ていて、肝心の椚自身をなにも見ていなかった。

そもそも、それは椚だけじゃない気がする……。

赤崎や豊春のこともわかったつもりでいただけだった。

ただ、仲直りをするだけじゃ、また椚を傷つける。

根本的なとこ――。俺自身が、しっかりしなきゃだめなんだ。

もっと、椚が安心できる俺にならなきゃいけない。

椚も、赤崎も来てる。豊春は、まぁいい。クラスのほかのヤツらも、証人になる程度には揃っている。

あまり……というか全然、格好のよくない歩き方で、ぎこちなく椚の席の横に立った。

「七里くん？」

覚悟を決めろ俺……。椚と向きあうんだろ。

「……？　七里くん？　おはよう」

さすがに俺の様子がいつもと違うと気づいたのか、椚も俺と顔を合わせてくれる。

教室全体が不穏な空気に、というか、『こいつなにやらかす気なんだ？』っていう感じの探るような空気になっていく。

クソッ……先に水でも飲んでから動くべきだった。口の中が干上がって喉が張りついてるじゃねぇか。

「大丈夫、七里くん？」

こんなときまで椚に心配かけさせるのか。しっかりしろ、俺。

「……ぁ……あ、あー……ンンッ！　く、椚……忍乃さん！」

「は、はひ……」

思いの外、でかい声がでたせいで教室中が俺たちのほうへと視線を向ける。

異様な光景だからか。『告白？』『告白⁉』と好き勝手にざわめいて、楽しんでいる。

見せモンじゃねぇぞ！　いや、見せて退路を断つために今を選んだんだけども！

なにも言わないでいる俺を、椚だけは真剣に口を開くのを待っていた。

「最近、小さい頃のこと、思いだす機会が……よ、よくあって……その、いつから、こうなっちゃったんだろうって、思って……。俺っ、俺は――今の自分がきらいだ。きらいだから、誰の前にも、立とうとしてこなかった……！　だけど、それをもう、やめたい……」

声は裏返る。言葉は噛むし、どもるし、まじ格好悪いけど……。

俺は、おまえが安心して身を任せられる相手になりたいんだ。

「椚の前では、椚の前でだけは……昔の俺みたいに……なりたいんだ。だ、だから……いま、今までうまく話せなかったけど……また、俺と、友だちになってください！」

コミュ障の突然の告白にクラスは微妙な空気だ。

全員に見えてそうだった『告白機運ゲージ』がギューンってさがっていく。

「って告白じゃないんかーい‼」

「うるせー！　余計なツッコミ入れんな！」

赤崎に吠えたところで、両手をギュッと握りしめられた。

「……ありがとう。すごく、すごく嬉しい。勇気を出して言ってくれたのも、昔みたいにって思ってくれたのも」

「私からも、ぜひ……よろしくお願いします」

椚の返事にクラス中から拍手が鳴った。

その話は、瞬く間に広まった。椚が学年の中でも割と有名だからだ。


「七里くん、一緒に帰ろう」

「……ぉ、おおっ。いいぞ」

放課後になるなり、椚はわざわざ俺の席へと迎えに来た。

クラス公認になったから、わざわざ待ちあわせする必要はなくなったけど……。

早速、こんな堂々と椚と帰っていいのか……。

さっきから廊下を歩いているだけなのに、学校中の色んなやつらに見られてる気がする。

「〜〜♪」

椚が鼻歌……⁉ すげー上機嫌だな。

「そ、そんなに嬉しいものか？」

「うん。だって、ずっと七里くんと昔みたいに仲良くなれたらって思ってたから」

なんか、豊春と同じこと言ってるな……。

正直。椚が俺のことをきらいじゃないなんて、まだ信じられなかった。

「だから今日は本当に嬉しかったんだ」

笑顔が眩しい……。

「どうしたの、七里くん？」

「いや……なんか自分が恥ずかしくなってきた」

「そんなことないよ。……今日の七里くん、すっごく格好よかった」

格好よかった……格好よかった……格好よかった。

「七里くん、汗すごいけど大丈夫？」

「な、なんでもないよ……」

眩しい、眩しすぎる。今の俺には、椚の笑顔が眩しすぎる……。

「今日、七里くんが勇気出してくれたから……今度は私の番」

俺の手をぎゅっとつかんで、椚は緊張しながら口を開いた。

「本当の私……七里くんに見せたいから……今日は私の部屋でしない？」

「いや……仲直りしたばかりなのにいいのかよ」

なにより、椚の部屋って……。

俺なんかが来たら、椚の親が苦い顔して……椚にも迷惑がかかる。

「ううん……今日がいい」

「せめて、俺の……」

……って、また俺は自分のことばっか考えて。

「私の部屋じゃなきゃダメ」

「……わ、わかったよ」

そうだ。栩は一度、決めたらよっぽどのことじゃなきゃ譲らないんだ。

こうゆうとこは、昔のまんまだ。

小学生のとき以来に、栩の部屋に入ったたけど……。まさかセックスのために来るとは思わなかった。

「七里くんの……おちんちん……」

あの頃と同じ大きなベッドで、裸になった栩が仰向けで俺に足を広げているとか……。一か月前だったら、妄想すらしなかったな。

「ねぇ、はやく……。もう、おまんこ切なくて、おかしくなりそう」

「そう、急かすなよ」

前に泣かせたのもあり、いつもより慎重にチンポを押しこむ。

「んあああっ……。挿入ってる……おちんちん挿入ってるよぉおおお」

久しぶりなのに栩の膣内は、簡単に俺を受け入れてしまうほどぬるぬるだ。

「んふぅ……ぁああっ……はぁあん……イぃ、イぃ……。七里くんの大きいとこ、どんどんキて……やっぱり、七里くんのおちんちんイぃ……」

苦しいくらいに締めつけて……。焚きつけられたように、腰が勝手に動いてしまう。

「あぁ……おちんちんが……私の膣内、広げてくれる……」

小さく息を吐いて、嬉しそうに俺の動きに合わせて収縮させる。

「ふあぁ……もっと……もっと深くキて……。おまんこ……おちんちんの大きさにして」

「まぁ、待て。ゆっくり、動くから」

「待てないよ……。もうずっと……精液飲んでないんだよ」

言いながら、腰を揺すってチンポを飲みこんでいく。

「はぁ、ああっ……七里くんのおちんちん、気持ちいい。指なんかより、ずっとずっと逞しくて、奥まで……ふぁああ」

「くっううっ……」

秘裂から膣壁までもが、竿を絞りあげる。

「はぁああぁ……そんな……一気におちんちん……したら、ぁあん、おまんこイッちゃう」

「そんなに下品な言葉言っていいのか？」

「いいの……。こうすると、んあっ、すっごくすっごく気持ちいいの」

快楽を得ようと、休むことなく腰をくねらせる。

「もう、ダメなの……オナニーしても、七里くんのおちんちんのこと考えちゃうの」

ここが自分の部屋であるからか。椚は大声でよがり悶えてる。

「七里くんに食事をもらってない間、ずっと……。ううん……七里くんのおちんちんを見た日からずっと、七里くんを思って……おまんこ弄ってた」

「俺のこと考えていた？」

椚が小さくうなずく。

「ベッドや床や勉強机とかで、気づくといつも七里くんの、格好いいおちんちんを考えてて……おまんこくちゅくちゅしながら、精液の味を思いだして弄ってた」

つまり……この部屋全部に椚の愛液が染みているのか……。

「七里くんのおちんちんなら、もっと気持ちいいのに……。七里くんなら、奥までおちんちんで広げてくれるって、指で広げたりするのに全然……うまくいかないの」

真面目な椚が、俺が普段していることをしてたのか……。しかも、俺のことを考えて。

「ダメ……くんくんしないで……」

「無理だよ……。この部屋全部に、椚のえっちな匂いがするんだろ？」

本当に、本当に……椚は俺のことをきらいじゃなかったんだ……。

「しないよ……ちゃんと掃除もシーツも変えてるし……ふぁああ、な、七里くん」

本当に、椚と一緒にいていいんだ。

顔と下半身に一気に血が集まってくる。

「お、おちんちん……こんな、大きく……す、すご、ふぁあっ」

「オナニーするのと、俺とえっちするのと、どっちがいい？」

「ああぁ……あひっ……あああん……。そ、それは……」

答えを促すかのように腰を振るい、チンポを打ちこんだ。

「そんな……の、ふあっ……んんああっ」

根元まで押しこみ、ひたすら粘膜をこすりつける。

俺ので、俺のチンポで、椚をイカせてやりたい。俺だけを求める身体にしたい。

ぐちゅねちゅみちゅといやらしい音が、腰を打ちつける音に合わせて大きくなる。

「は、あっ、あ、あああ……お、おちんちん、おちんちんがいい。もう、おちんちんじゃなきゃ、気持ちよく。おおおおあああ」

全部を言い終える前に、椚が絶頂する。

乳首もクリトリスも張り詰め、いやらしさをすべて晒すように身体を反らし、潮を吹かす。

「やらしいよ、椚……。俺がいない間、ひとりでこんないやらしくなったのか？」

「ぁああん。はい、はい。えっちな子から……。ひゃん、えっちな穴になりました」

悶えながらも、自ら腰を揺らし打ちつけ、穴で牡を引きこもうとする。

赤く染まった秘肉の入り口は、今もなお口を広げ、涎を溢れ続ける。

「こんなの、もうお漏らしじゃないか……。優等生が、ベッドや勉強机でオナニーしてお漏らしとか……。いやらしすぎだ。俺が、俺のチンポと精液で椚の穴に一生栓してやる」

「そ、そんな嬉しいことされたら、またお漏らししちゃう」

「俺も、こうやって椚とえっちができて、すごく嬉しいよ」

赤裸々な告白を、チンポと穴でぶつけては互いを高めていた。

ピピピピピピピ――。

誰だよ……こんな大事なときに……連絡とか。

「んっ……ああぁ……。瑠珠ったら……こんなときに……」

どうやら、枏のスマホに赤崎からの着信がきたようだ。

枏が目で続けてと訴えているが、俺はあることを思いついた。

「出てやれよ」

「えっ……？　でも……」

すっかり枏はサキュバスモードで、頭の中はえっちだけみたいだ。

「赤崎を無視したほうが、面倒だろ」

「そんなことないよ……」

「いいから……」

不満そうだが、枏は渋々と電話にでた。

「瑠珠……どうしたの……？」

『もしもし、しのん。今、大丈夫？』

『んー。ちょっと心配だったから、電話した』

「心配？」

『ほら、今日、しちりんに友達宣言されてたじゃん。あのあと、どうだったかなって？』

「あぁ……それなら、平気。七里くんと仲良くしてるよ」

『それならいいんだけど……』

仲良くね……。確かにな……。

「しのんずっと悩んでたからさ……。呪い？　の件でもあたしはよくわからないし、なんも力になれなくて悪かったなって」

「そんなことないよ……。瑠珠がいつもそばにいるだけで、私は心強いから」

「それにさ、仕方ないけど最近はしちりんと一緒にいること多いじゃん？　やっぱ、幼なじみには敵わんのかなって……あたし、なに言ってんだろ」

「ううん……。こうして、連絡くれただけで嬉しい」

俺のものを今もおまんこで咥えながら、椚は赤崎と和気あいあいと通話してる。

スマホの向こうにいる赤崎だって、まさか椚が俺のを入れられているなんて思わないだろうな。

赤崎にも色々迷惑をかけたし……。それなら余計に椚はもう大丈夫だって、教えなきゃな。

ちょっとしたサプライズで、椚のぷっくり膨らんだクリトリスを摘まんでやる。

「んあぁ……あっ……」

高い声とともに、椚の身体はびくんと引きつった。

不意打ちにクリトリスを摘まれたせいで、快感が走ったようだ。

椚の顔は発情モードに戻っている。

『しのん？　どうかしたの？』

「んっ……んうぅ……くっ……。あっ、ごめんなさ……。なんでもないの……」

ふにふにとを指でくすぐると、口を歪めて声をあげないよう必死に耐えている。

そうやって、なんでもないふうを装われると……もっと悪戯してやりたくなっちゃうんだよな……。

もう一度指先で、ねちねちとこねまわしてやる。

「んぅ……んんっ……んくぅぅっ……」

『ちょっと、しのん、大丈夫？　具合悪い？』

口をぱくぱくとして、アクメを逃がそうと必死だ。

「ごめんね……。瑠珠、ちょっと……喉の調子が……」

喉の調子が悪くなると、梱はそんなにえっちな呻きをもらすのか？

心の中で問いかけつつ、梱のクリトリスを揉みまわしたり摘まみシゴいたりした。

「はぁ……んっ……んはぁぁ……。か、風邪かな……」

梱が涙目で首を横に振る。

やめてってことか……。それとも、もっとか？

ぼんやりと頬を火照らし、目も熱で潤んでいる。

荒い呼吸で熱い息をもらしてて、風邪のように見えなくもない。

『風邪？　大丈夫なの？』

「し、心配しないで……。瑠珠にまで心配してもらうほどのことは……ないと思うから……んんっ……」

ふいに梱が身をよじった途端、膣口に挿入したままのチンポを締めつける。

「だ、ダメ……お、おまんこ……」

『な、なに、しのん？　なんて？』

「お……おだんご……なんだか、食べたいなって」

「あ〜〜。風邪ひくと甘いもの食べたくなるよね。明日、お見舞いで買ってくるよ」

『る、瑠珠……。ありがとう』

危なかった……。うまく誤魔化せたようだけど。

おいおい。なんだか、赤崎との仲を見せつけられている気がするな。

俺がいることも忘れるなよ。

なんだか、悔しくて椚から欲しがるように、俺は椚のクリトリスをしつこく弄った。

溢れでている愛液を指ですくい、それをぬりつけるようにしてクリトリスを翻弄する。

「んっ……んんぅ……んはぁ……うぅぅ……」

官能的刺激を与えられ続けたせいか。赤崎と通話中であるにもかかわらず、椚は色っぽい息づかいをしている。

クリトリスの刺激に合わせて、膣口までもぱくぱくと口を開いてはチンポを味わいはじめた。ぱくぱくと咥えこんだチンポを唾液と舌であじわうみたいに、膣内がうねってる。

「ふぁあっ……ダ、ダメ……」

『えっ？　えっ？　ええ？　しのん？』

だんだん……赤崎の目の前でやっている気分になってきた。

俺と赤崎の間に挟まれて、梢は理性と欲望で彷徨ってる。

どっちにいくんだ……。やっぱり、俺だよな。

「ほ、本当に……心配しないで……。たいしたことは……ないから……」

『たいしたことは……ない』？

誤魔化すことで必死だったのはわかるが……。なんか我慢しているみたいだし
『でもでも、しのん、なんか苦しそうだし。なんか我慢しているみたいだし』

「大丈夫……だから……」

そんなに赤崎を優先されると、面白くないな。

大丈夫なら、たいしたことないかどうか試してやるよ。

俺は腰振りを再開する。

「んくぅっ！　んっ……んんぅ……んうううぅっ……」

がちがちに硬直したままのチンポを、おまんこへ抜き差ししてやった。

長いこと放置されていたのもあり、持て余していたぶんだけ亀頭でえぐりこみ、膣粘膜を容赦なく摩擦してやる。

「んんっ……んっ……んくぅぅ……」

『しのん？　どうしたの？　大丈夫？』

「ご、ごめんなさい……ちょっと……んぅ……んくぅぅ……」

椚の表情に余裕がなくなってきた。

絶頂寸前でお預けされたんだ。身体が燃えているみたいに熱い。

声も、身体も、膣内も熱をあげて、唾液や汗、愛液を噴きだして快楽を求めている。

さすがに誤魔化すのが難しくなっているな。

ぐいぐいとチンポをえぐり入れ、梛から求めるよう焚きつけてやる。

「んんっ……んはあぁ……んはぁっ……あぁぁ……。息が……」

本当に風邪をひいたみたいに、梛は熱にうなされている。

口から涎をたらし、膣口からは俺がこすりあげた粘液と梛の愛液が大量に溢れている。

ぐちゅりぐちゅりと生々しい摩擦音が、梛の腰を揺らしたことで大きくなる。

『しのん？　本当に大丈夫？』

「心配をかけて……ごめんなさい……。大丈夫……だから……んっ……んぅぅ……んはああぁ……」

誰が聞いても梛の声は喘ぎ声になっている。とてもではないが、大丈夫だとは思えない。

それでも、梛も俺ももうこの状況に興奮して、今さら止められなくなっている。

「んぁっ……んんぅ……んっ……」

奥へとチンポを招こうと、梛の腰の動きが大きくなる。

ねっとりとした腰つきで、竿をシゴき、睾丸を刺激する。

ねちゅぐちゅと卑猥な音を立てながら、結合部から粘り気のある糸を垂らす。

「し、しのん、今、家だよね？　な、なんか変な音してない」

梛の息づかいは依然として荒く、これまでに増して艶めかしい。

どうだ？　赤崎の前でえっちさせられている気分は？

これまでも他人が近くにいる状況でえっちをしたことはあったが——親友と話しながら

のえっちははじめてだ。

「んふぅ……んっ……んんっ……。心配……しないで……」

言葉とは裏腹、おまんこから粘液の湖ができそうなほどびっしょりしている。

本当に栩がお漏らししているみたいだ……。

俺が栩をここまでえっちにしたんだ。それを栩は拒むどころか喜んでいる。

「はぁ……あっ……んっ……」

栩はなんとか喘ぎ声を抑えこみながら、目で『とまって』と俺に訴えてきた。

俺は腰づかいをとめる。

「んっ……うっ……んふぅ……」

栩は、安堵と物足りなさとが入り混じったような吐息をもらしていた。

やっぱり、栩はこの状況を楽しんでいる。それなら、このまま最後までやるしかない。俺は自分のスマホに文章を打ちこんで、それを栩に見せる。

『クリトリスとおまんこ、どっちを責められたい？』

「えっ……。そんなこと……」

『しのん？』

「あ、ごめんなさい……。こっちのこと……」

『本当の自分を見せてくれるんだろう？』

追加で打ちこんだ文字に、栩は目を見開いたまま固まった。

目だけ動かし、スマホを持たない手を股間へと伸ばす。

チンポを咥えたままの膣口を指を広げると、俺を見つながら声をあげた。

「瑠珠、聞いて……。あのね、私、瑠珠のことが大好きなの」

『へ？ も～いきなりなに？ 照れるじゃん』

「裏表がなくて、自分の言いたいことを隠さない瑠珠が羨ましくて……私も瑠珠みたいになれたらってずっと憧れていた……。でも、もうやめる」

俺は再び腰を打ちはじめる。これまでにない荒々しさで腰を躍動させ、子宮へと杭を打つように何度も、何度も……。

「あぁぁ……んあぁぁ……ああひぃ……ああんっ！」

もう我慢なんてすることはない。椚はあからさまによがり声をあげた。

『しのん!? なにかあったの？』

「んあぁぁ……あぁぁ……ひっ……あんっ……」

激しい打ちこみをされて、叫びを抑えきれなくなってしまったのだろう。

声を押えることなく、椚は気持ちよさのまま、濡れた声で叫んだ。

「ぁあああん、あぁあああっ、やっと……やっと言え……ぁあん」

膣粘膜を強くえぐりこすられて、啼かずにはいられないほどの快楽を味わっている。

「いいっ！ 気持ちいいっ！」

『し、し、しのん？ どうしたの？』

親友の異常な喘ぎ声に、赤崎が戸惑うのも無理はない。

『誰かいるの？』

「あぁぁ……たーくんのっ、たーくんのおちんちん気持ちいいっ！　んあぁぁ……はぁぁっ……あんっ」

『しのん？　しのん？　たーくんって誰？　もしかして……』

「瑠珠、これが……本当の私なの。本当は優等生でもお嬢さまでもない、ただのえっちが大好きな女の子なの」

『いや、優等生でお嬢さまなのは本当じゃん』

「ぁああ……私……大好きなたーくんと、親友の瑠珠に挟まれて、えっちしる……。ずっとずっと我慢してたけど、もう、こんな幸せな状況、我慢できな――んぉおお‼」

スマホを持たない手で、椚は乳首を転がす。

「ふぁああ……乳首……こすると、クリトリスとおまんこが、きゅんきゅんっておちんちんぎゅってなる」

気持ちよさに任せて、乳首を弄る椚に俺も加勢する。

「ぁああん、だ、ダメ……。そんな、乳首両方こねたら、んあぁっ……で、出ちゃうううっ。瑠珠に、お漏らししちゃう子だって……バレちゃう」

『お漏らし⁉　……ご、ごめん。切るね……。ま、また明日』

そこで通話が途切れた。

「あぁぁ……。切られちゃった……」

「そうだな。これからがいいところなのにな」

赤崎の知らない、椚のよがりっぷりを聞かせてやった。

幼なじみとしてなんだか、勝ち誇った気分だ。高揚したまま、俺は腰づかいをさらに加速した。

「あっあああ――。おちんちん、ずぼずぼ嬉しい」

「椚ががんばって本音で話したご褒美だ。奥にいっぱい射精してやる」

「う、うれしい。ご褒美、嬉しい。私のえっちな穴、たーくんのでいっぱいにして」

赤崎に聞かれる心配がなくなったからか。

気持ちよさのまま喘いでは、俺の打ちこみに合わせて椚も腰を揺すりだす。

「ああっ、ああ、たーくんのおちんちんで抉られてる……。気持ちよくて、もっと、もっとって腰、動いちゃう」

「椚のおまんこも気持ちいいぞ。締めつけが貪欲っていうか、物欲しそうっていうか……。赤崎と通話しながらだと、おまんこがよくなるのか」

恥じらいながらも喜ぶ椚のために、俺は腰の動きを速めていく。

「んあぁぁ……はあぁ……ああんっ……。は、恥ずかしいよ……」

図星だったのか。膣穴の吸いつきはさらに激しくなり、愛液の量も増えている。

「これからは、赤崎と通話しながらえっちをしようか？」

「ひっ……あぁぁ……あひぃぃぃ……。そ、そんなのしたら……瑠珠に怒られちゃう……」

「そうだな。赤崎にも迷惑だろうから——時々にしておくか」

「時々？　瑠珠と通話しながらのえっち……？　んあぁぁ……はぁぁ……ああんっ！」

想像したのか……。ひと足先に栩はイッてしまう。

ぷるぷると乳房を小刻みに揺らしながら、荒い吐息を漏らす。

もしかして……精液断ちしたほうがいやらしくなっていないか。

我慢したぶんだけ、もっとえっちになるとか……。

サキュバスの才能がありすぎるだろ。

蕩けるほどの膣粘膜を、膨らんだ亀頭で抉りこする。

「んひぃぃぃ……ひはあぁぁ……あぁぁっ……。たーくんの……すごい……ああん……！」

「さっき言ったとおり、たっぷりと出してやるよ」

猛々しくなったチンポを、栩の濡れ潤んだ膣穴の奥へと突きあげてやった。

「あぁぁ……んはぁぁ……い、いくっ……いっちゃうぅ……んっ……あんっ」

「俺の精液、たっぷりと出してやるよっ！」

「あぁぁ……ちょうだい……。たーくんの精液……私のおまんこにちょうだい……」

手足を広げながら、栩は全身で俺を抱きしめる。

俺の精液を一滴残さず、飲み干そうと子宮が怒張へとねっとり吸いつく。

「射精して！　一番奥に、私のお腹が膨らむくらい、たーくんでいっぱいにぃぃぃぃぃ」

痛いくらいに膨らんだ怒張を叩きこみ続ける。

結合部の隙間が埋まるほど、根元を押しこみ、子宮めがけてすべてを叩きつける。

「んあぁぁ……はぁぁ……あっ……あぁぁぁっ！　いくっ……いくぅぅ……んはあああああぁぁぁぁぁっ！」

大きく身体を弾ませながら、椚は甲高い声で叫ぶ。

浮きあがった椚の腰を抑えこむように、椚へと牡の欲望を吐きだした。

「あっ……あぁぁ……。たーくんの精液……たーくんの熱いせいえきが……私の中に……っはぁあん」

恍惚しながら悶える椚へと、俺は精液を吐きだしながら腰を振るう。

「んあぁぁぁぁ、ダメ……。今、イッて……イッているのに……これ以上はっ、んおぉ

おおお」

「椚、椚っ……俺でイケ……。俺の精液で、俺のものになれ」

粘膜が射精と摩擦の熱で燃えているみたいだ。

すでに吐きだした精液が椚を再び、絶頂へと追いこむ。

「あぁあ――。たーくんの、たーくんのせーえきで……ぃイクぅぅううう」

睾丸ごと押しこむように、椚の膣内に精液のすべてを流しこんだ。

「ああああああああああ」

椚のおまんこは、俺のものを深々とくわえこんだまま強く収縮する。

精液と快楽に流されたみたいに、椚は痙攣したように全身を震わしていた。

「ひっ……んあぁぁ……んひぃぃぃぃ……。で、出るっ……出ちゃうっ……」

度重なる絶頂に心も身体もゆるんだのか。弛緩したおしっこ穴は細かに収縮して、潮を噴きだしている。

「んはぁぁ……あぁぁっ……。たーくんのが……気持ちよすぎて……潮が……」

あんぐりと足と口を広げながらも、チンポだけはしっかり咥えこんでいる。

ごくんごくんと睾丸にキスするように膣穴は精液を飲み干す。

清楚なお嬢さまからかけ離れた、だらしない格好で椚は力尽きている。

「だいすきなたーくんの……だいすきなせーえき……とっても気持ちいい……」

本当に椚は俺のことが好きなんだ……。

「だから……これからはたくさん……しようね」

「……ぁ、ああ」

やっとのことで出た声は、掠れていた。

「たーくん、おはよう」

眩しい陽射しを背に栩の顔が見えたので、一気に目が覚める。

「く、栩。なんでいるんだ？」

「ネムちゃんが帰ってから、たーくん、遅刻ぎりぎりで学校に来てるでしょ？」

「世話焼く相手がいなくなったからな」

学校へ行く時間がちゃんとしていたのは、そこだけ合わせていたからだ。どうもネムはナナリー先生に滞在中はきちんと通うことを求められていたフシがあって、俺よりも定時に到着することを心がけていた。謎の絶対服従だったよな。

基本的に勝手なヤツだったが、だからこそ干渉しすぎないところがあって、通学時間以外の縛りはなかったように思う。そう考えると一緒に暮らしやすいヤツだったのかも。

「寂しいのかなって思ったから、今日は起こしに来ちゃった」

「ネムがいなかった頃に戻っただけだろ」

嘘だ。騒がしいのがいなくなったと強がっても、ネムがいない朝は静かすぎて起きる気がしない。

「そんなこと言わないで、ご飯も持ってきたから、一緒に食べて学校に行こう」

「ああ、ありがとな」

と言いつつもう一度布団にくるまろうとしたんだが、すでにわかっていたらしい椚に引き剥がされてしまった。

「二度寝はダーメ」

これじゃあ、もう起きるしかない。

「わかったよ。起きるから」

「ふふっ。ごはん、あたためておくから、着替えて顔洗ってきてね」

奥さんかよ。楽しげな足取りで部屋を出ていく椚を見ながら、俺は大きな欠伸をした。


椚とふたりで登校するなんてことが日常化するなんて、想像もしていなかった。歩いているとたくさんの注目を集めているのがわかる。

椚は決して目立つ行動をとるタイプじゃないけど、かなりのお嬢さまで、学校では優等生。もちろん成績優秀、容姿もこのとおりという非の打ちどころがない人物だから、その隣に俺みたいのがいるという違和感がものすごいんだろう。

だけど、あいつらは知らない。椚が俺の前でどんな痴態を晒しているか。

「瑠珠」

校門を入ったところで、赤崎の背中が見えて、椚が声をかけた。

「しのん……お、おはよ」

おっと、いつもと様子が違う。さすがに電話であそこまでいやらしい声を聞かせたら、俺と栩がセックスしているってイヤでもわかってしまったんだろう。

「昨日はその、ごめんね」

赤崎は顔を赤らめて言いにくそうにしている。

「瑠珠が謝ることじゃ……」

「ううん、あたしが悪かった。しのん、トイレ行きたかったのに我慢してたんでしょ？」

「へ……？」

気の抜けた声をあげた栩の隣で、俺まで同じように反応してしまった。

「だから、漏れちゃうまで電話に付きあわせてごめんって。思い返せばしのんの声すごいテンパってたなって」

そっちかよマジか⁉　あまりにも衝撃すぎて肝心な部分の記憶が飛んだとか？

「あ、うん……そうだね。秘密にしておいてくれると嬉しい……」

「もちろん！　言わないよ！」

赤崎の反応が予想外すぎる。わからなかったフリをしようとしているのか？　いや、でも理解していたら『しのんにあんなことさせるな！』ってブチギレる、はずだ。

「それにしても、すっかりふたり一緒にいるのが当たり前になったよね〜」

「な、なんだよ」

ニヤニヤしながらこっち見んな。

「しちりんがしのんに友達宣言してから話しやすくなったよ。得体の知れない不気味さが薄れて、話しかけてやってもまぁいっかなって感じで」

そんな上から目線で話しかけられても嬉しかねぇ。

「実際、クラスの皆もしちりんに話しかけるようになったじゃん」

……それはそうだが、椚と一緒にいるから以外の理由はない。椚が俺と一緒にいようとするから妥協しているだけだ。

いみじくも赤崎が宣ったとおり、『話しかけてやってもいいか』なわけだ。その上でまわりのヤツらが話しかけやすくなったのは椚のほうだと俺は見ている。

「しのんの日頃の行いのよさが、しちりんの悪印象を変えた。愛だね～」

「る、瑠珠、やめて。恥ずかしいよ」

「ごめんごめん。でも、しのんも、しちりんとつきあってから吹っ切れたよね」

「瑠珠、それ、どうゆうこと？」

きょとんとした椚と俺は顔を見合わせる。

けど、すぐに赤崎が言った言葉を理解する。

「うーん、前のしのんはなんでもかんでも抑えているように見えたんだよね。でも、しちりんといるようになってから無理してないのがわかるんだ」

「まあ、お堅い優等生って感じじゃなくなったよな」

「そうかな」

自覚がなかったのか。椚は照れたように俯く。

「そーそー。前のしのんもいいけど、あたし、今のしのん好きだよ」

「私が変わったとすれば……それは全部たーくんのおかげ」

「出た、しのんのお惚気。本当、しのんって、しちりんのことになると大胆になるよね」

「そんなことないよ……」

「あります〜」

赤崎が言うように、椚は変わった。

前の椚ならこんなふうに赤崎とふざけあうことはなかっただろう。

真面目にお行儀よく日々を過ごしていますっていう殻を作っていた。けど、今は肩の力が抜けたのか、昔の俺が知っていた頃のよく笑う椚に戻っている気がした。

ネムは欲望を隠しきれなくなると言っていた。それって素の自分を出してしまうってことなんじゃないだろうか。

「どうしたの、たーくん？」

「ああ、いや、べつに」

正直、召喚の儀式をしたときは自分だけのサキュバスを手に入れたら、学校なんてもう行かなくていいとすら思っていた。

「ごめんね、手伝ってもらって」

「べつにいいよ、これくらい……って、言いたいところだが、多すぎだろこれ？」

『放課後、先生に仕事を頼まれたから一緒に帰れない』って梢が凹んでたから、待つついでに手伝うことにしたが、あまりの量の多さに後悔しているところだ。

頼むヤツも頼むヤツだが、断らない梢も梢だ。

「無理なら無理って言えよ。でないと、自分ばっか損するだろ」

「うん、そうだね。今度からそうする」

ん？　こっちは怒ったつもりなのに、なんで梢はニコニコとしてるんだ。

「なんだよ」

「たーくんが優しいなって」

「どこがだ」

「私が無理しないように先生のこと怒ってくれたんだよね？　手伝ってくれるのもそうだし。私が一緒に帰れないことを落ちこんでいたのにも気づいてくれた」

「そんなんじゃねぇよ」

全部見抜かれていると思うと、恥ずかしさで頬が熱くなる。つい否定で返してしまうのは自分の悪い癖だと痛感したばかりなのに、なかなか直せそうにない。

「たーくんのそうゆう優しいとこ、昔から変わらない」

「俺のことはいいから、さっさと終わらせて帰ろうぜ」

「……前は忙しくすることで紛らわせていたの」

目の前のことに集中しようと手を動かしていると、椚がぽつりと呟いた。

「真面目に振る舞うことでえっちな自分を誤魔化していたんだけど……。結局、それがストレスになってオナニーが増えちゃった」

自嘲するように笑う椚に、俺は自分が恥ずかしくなった。

「……椚はすごいよ」

「え？」

「椚は自分をよくしようとがんばったんだろ。結果はどうあれ、その……格好いいよ」

今の自分と向きあわないで、逃げた俺のほうがずっとかっこ悪い。

「ありがとう。そんなふうにたーくんに褒めてもらえるなんて、すごく嬉しい」

ニコニコと嬉しそうだな……。

前の自分だったら、素直に椚の言葉を受けとめなかった。バカにされてるとすら思ったかもしれない。

俺も変わってきているのか……。

しみじみ実感していると、椚がもじもじと上目遣いで見つめてきた。

「ねぇ、たーくん。それなら、がんばったご褒美がほしいな」

「そりゃいいけど……え？　ここでか」

放課後とはいえ、教室でセックスするのはさすがに危険すぎないか。いつもの旧棟空き教室じゃないんだ。

「この時間なら誰も来ないから平気だよ。それに、私が作業するときは教室の鍵も預かっているから先生も来ないし」

「優等生の信用フル活用だな」

「信頼されているんだよ。ね、だから、いいでしょ」

開き直った椚は自分に正直だ。

「ま、いいか」

どうせ、このあともするんだしな。

「たーくん、はやく」

「わかったから、急かすな。ってか、頬擦りやめろ」

ズボンをおろそうにも、すっかり発情状態の椚が股間に顔を埋めてきて邪魔をする。

「おちんちん、おちんちん。たーくんのガチガチおちんちん。ちゅっちゅっ」

ダメだ、チンポに夢中で話なんて聞いていない。

「あーっ、少しは落ち着け、うぉおっ」

膝に乗せようと椚を抱きかかえるが、椚が抱き着いてきたせいでバランスが崩れた。

「ぐふっ‼　く〜〜」

思い切り背中を打ち、悶絶する俺のことなんて気にせず椚はご機嫌だ。

「ふふっ、たーくんたーくん」

いつの間にズボンのチャックをおろしたのか。栦は取りだしたチンポを撫でまわしていた。

「たーくんのすっごい……硬くて重い。たーくんも、ずっと我慢していた？」

亀頭から根元へと上下にシゴき、今は遊ぶように玉を手で転がす。

ねっとりした手つきにただでさえ膨らんでいた股間が血管を浮かせて、興奮したように跳ねまわる。

「違う。栦がエロいから元気になったんだ」

サキュバス状態の、いや、栦の本質がこんなにエロイと思わなかった。

ネムの言ったとおり、栦はサキュバス向きだったんだな。しかも、俺が求めていた理想そのもののサキュバスに。

なんか、今まで栦が別の世界にいると思いこんでいた自分がバカらしくなる。

「嬉しい……。じゃあ、ふたりでいっぱい気持ちよくなろうね」

「そうだな」

スカートに手を突っこんで、ぱんつを引きずりおろす。

「……ねえ、足あげたほうがいい？」

「ああ」

俺が脱がしやすくするために、足をあげるとか。どこまでエロくて、従順なんだ椚。

「んん……」

けど、さすがに犬みたいなポーズは恥ずかしいのか。顔だけでなく耳まで真っ赤だ。

生粋のサキュバスにはない恥じらいが、むしろ俺だけのサキュバスって感じがする。

「ねぇ、おちんちん……まだ？」

じれったそうに、はあ、はあと息を荒くし、膝と尻を震わせている。

「今脱がしたから、待て」

ずっと高ぶっていたのか、ぱんつを引きずりおろすだけでも敏感に反応する。

「ひゃっ、もう、待てないよ……は、早く」

ねっとりとした動きでお尻を、太腿を俺の脚にこすりつけて、催促をする。

椚の肌からサキュバスの発する催淫物質が匂い立つかのようだ。

「椚、待てって。まだ……うごっ、くな」

「目の前におちんちんがあるのに、我慢なんて無理……」

言ったそばから体勢が崩れ、すっかり開いた秘肉に怒張を呑みこませる。

「あああぁあっ！　おちんちんクル、キテるぅううう……！　ぁ、あっ……ぁっ！　で、出ちゃうっ……ふぁっ！」

ぷるぷると震えた椚の股間から、じょわ……っと温かな液体が溢れだした。

「はあぁぁ……ごめんなさい。ご主人さまのおちんちんが気持ちよすぎて、また……おしっこ出ちゃいました」

息を荒くしながら椚がかたちばかりの謝罪をする。

「お仕置きして……ください。堪え性のない私の……おまんこに……躾してください」

「どんなのがいいんだ？」

「授業中、教壇の前で裸になって、オナニーしろって命令してください。ナナリー先生やクラスの皆の前で恥ずかしい自分を見せろって言って……」

「やめてください。死んでしまいます」

「どうして？　これが本当の私なのに」

「そんなことしたら、椚、もう退学どころかこの町で生きていけないぞ」

「じゃあ、瑠珠や七里くんの机でオナニーしてマーキングする姿、カメラで撮って……。七里くんの『オカズ』毎日作ります」

「飯と弁当だけにしてくれ」

「台所で食べてもいいんだよ」

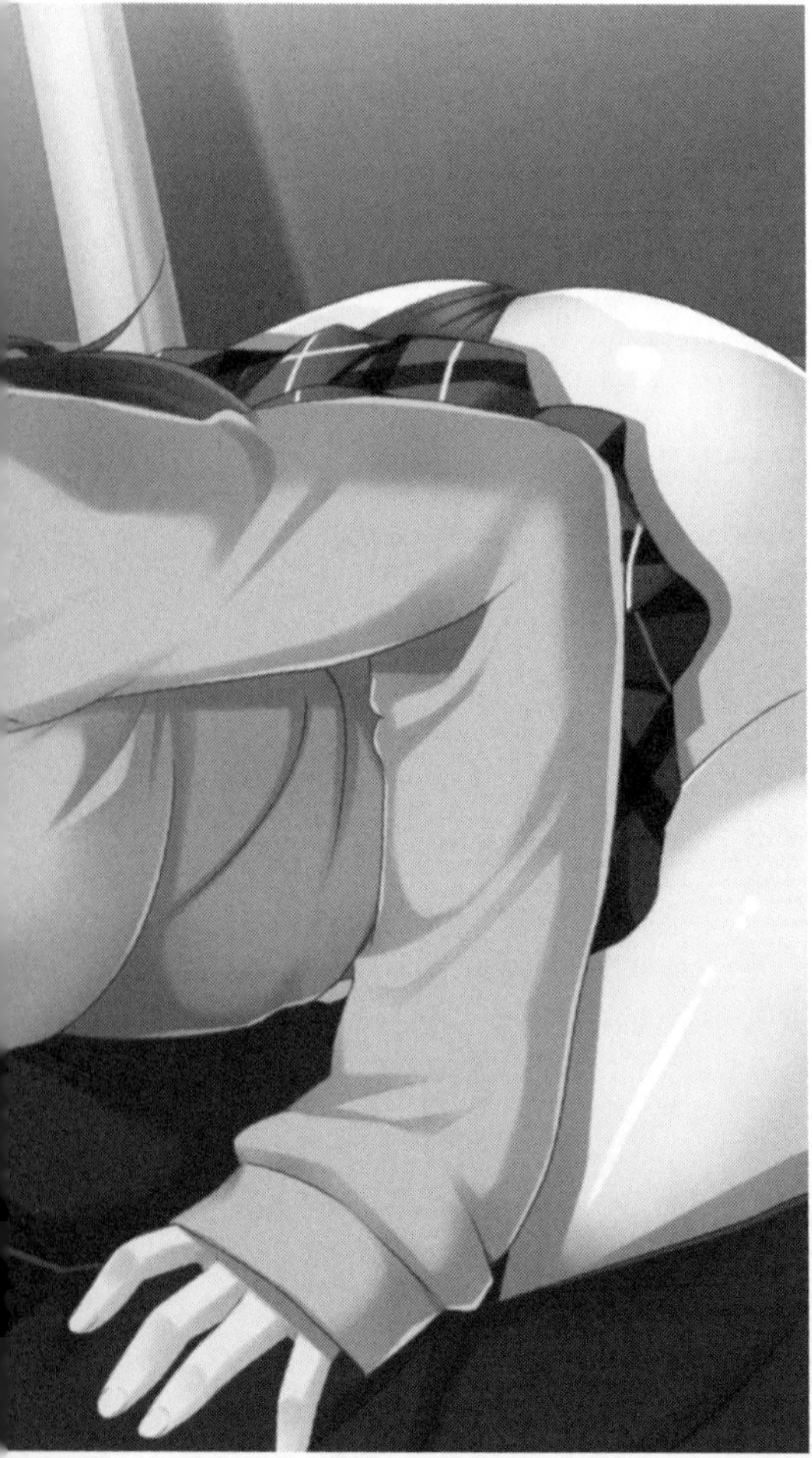

だめだ……。発情しきって、話が噛みあわない。
気持ちが通いあったから、セックスにも前向きになっているのか？
「今日はどうしたんだよ？　いつもより遠慮がないっていうか、なんか吹っ切れてないか!?」

問いかける間にも椚は腰をこすりつけてくるように、前後に膣内のチンポを振りまわす。こりゃもういったんイッてもらわないと普段のようには話せそうにない。

「ぁっ、あっ……ふぁああっ、おちんちん……ご褒美おちんちんんんんっ！　イイッ！　イイいぃいぃいっ！」

ずんずんと下から突きあげて椚を追いこめば、椚は頭を振って悶絶する。

「ひゃん！　……そんな、一気に奥ぐりぐり、ひゃあん！　無理ぃ！」

「自分で腰を揺らしてるのに、どこが無理なんだ」

「だって、たーくんのおちんちん、きもひいいの。あん、だめっ、だめっだめぇえええ！」

俺の動きに合わせるように、椚の腰が蠢く。腹がなまめかしくうねるのがめっちゃエロく目に映る。

「はぁ、はぁ、はぁ。たーくんのおちんちん、きてる。奥にいっぱいいっぱいきて、私のおまんこ気持ちよくしてるっ」

「おい、椚、飛ばしすぎじゃないか？

「んんっ、だって……朝から、ずっと我慢してたんだもん」

「昨日、俺があんなに精液飲ませたのに足りないのか」

俺の貴重なオナニータイムをつぶしてまで、セックスしまくったのに。どうゆうことだ。

「今朝、瑠珠が『いい方向に変わった』って褒めてくれたのが嬉しくて。えっちな私なんて誰も好きになってくれないって思ってた。でも、たーくんも瑠珠も私のことときらいになってない」

俺のもう一度友達になりたい宣言を赤崎は評価してくれた。それがあったから栩のつかえが取り除かれたんだと。おそらく栩にもそういう感じに話しているんだろう。

「私、サキュバスになってよかった。こんな私でも受け入れてくれる人もいるってわかったから。もしあのままだったら、誰にも知られてはいけない本性を何十年も抱えていかなきゃいけなかった……」

「普通に誰かと結婚してれば、その旦那に打ち明けられただろ」

「そんな意地悪言わないで。私、たーくんにじゃなければ、きっとおくびにも出さなかったはずだよ。だから、私のおまんこに教えて。あの日、ネムちゃんを呼びだしたときみたいに、私が、たーくんだけのサキュバスだって、おちんちんで覚えさせて」

グッと栩の腰を抱き寄せる。同時に、下からも突きあげて、届く限りの膣奥をこすりあげた。

「はぁん！　たーくん、そんなっ……激し――んんんんっ！」

「俺は、俺のそばにいてくれて、俺とセックスしてくれるなら、どんなサキュバスでもいいと思っていた。けど、今は栩じゃなきゃダメだ」

「はぁはぁっ、はぁっ、たーくん……」

「だから、栩……ここで、儀式をやり直そう」

机が壊れそうなほど、ギシギシと揺れる。

　今、誰かが教室を通りかかったら絶対にごまかすことは不可能だ。だけど、そんなことがどうでもよくなるほど、俺たちはセックスにのめりこんでいた。

「ひっ、ぁあっ、ああっ、たーくんのおちんちんたくさん当たってる。私のおまんこ、たーくんのおちんちんとキスして、サキュバスになれって子宮で契約している」

「椚、椚、椚はっ、俺の最高のサキュバスだ。おまえの……こんなエロイ姿っ、誰にも見せたくない」

「うん、私も、たーくんじゃなきゃ、ダメっ。たーくんが、私の、ご主人さまなの。ネムちゃんが戻ってきても、私以外としちゃダメ」

　からみつくように肉壁をうねらせ、チンポを膣内に埋めこむ。

「たーくんが、毎日、契約して。子宮に精液とおちんちんで、私の細胞全部たーくんのものになれって命令して」

「っっつ……く、椚ぃぃい、射精るッ！　射精すぞ!!　ここで、俺の精液で、俺だけのサキュバスになれ!!」

　子宮口を打ちぬくように、思い切り腰をぶつけた。

「ひゃぁああぁ、ああっっ……いっぐっっっっんんんぁあああああああああああああっ!!」

　膣内からこぼれるほどの精液を流しこむ。

　椚の嬌声が廊下まで響き渡る。

「はぁ、はぁ。おなか、熱い……これ、絶対に……たーくんのサキュバスになったよ」

「そうだな……。けど、これ……先生にもバレてるんだよな」

「それでもいいの。だって、こんなに幸せだもの」

たぶん、あと数分経ってもっと冷静さが戻ってきたらお互い顔を赤くして反省するんだろうけど、幸せとか充実感とか、そういうのは確かに俺も感じていた。

椚の本心が、俺の思ってもいなかったところにあって、『きらわれている』というのは結局俺の被害妄想でしかなかった。

それを椚の人生を変えてしまうまで想像もできなかった自分が情けない限りだけど、こうなってしまったからには俺にできる限りのことを椚のためにしたいと思う。

「みんなに、たーくんが私のご主人さまですって言いたいな……」

「待って。待って。それは俺が殺されるからやめような」

「きっと、もっともっとたーくんの精液もらえたら、私の宣言をみんな自然に受け容れてくれると思うよ」

真性でなくても認識操作できるようになるとネムから教わったらしいからな。そりゃ俺も人前でエロいことできるんじゃね？　と最初はドキドキしたけど、俺のほうが認識操作に守られることがないってわかっちゃったからな……。よっぽど周到に用意しないと俺が社会的に死ぬ。

椚が我慢できなくなる前に、俺が願望を叶えてやらないとな。

あとがき　朔すもも

はじめまして。朔すももです。この度、かえるそふと様の『ネムれる園の少女たち』のノベライズを担当させていただきました。

このゲームの登場人物たちは大変、変態性が突き抜けていて、普段の日常ではなかなかないえっちな台詞やプレイのやりとりに唖然としました。皆、変態だよ。

(個人的にネムとトイレで出しあいっこするシーンが面白くて好きです)

同時に変態的性癖な自分を恥じたり、優れた相手と比較してコンプレックスを抱いたりと、人が誰しも持つ劣等感や短所に思い悩む姿は可愛らしく思えました。

思春期だからこそ、余計に自分と他人の違いを割り切れず、欠点がある自分を受け入れられないもの。

今回、忍乃はサキュバスになり、変態な自分を認めざるを得ない状態になりましたが、自分を蔑まなくなったこと。忍乃を受け入れてくれる、主人公や瑠珠がいることに気づけてよかったなーと思います。ただ、叶うことならサキュバスコスの忍乃がみたいです。


最後に、謝辞を。

かえるそふと様、桜城十萌様、編集のM様。

初めてのノベライズということもあり、大変ご迷惑をかけました。

この仕事で沢山ご指導いただけたこと、本当に感謝しております。

ぷちぱら文庫

ネムれる園《その》の少女《しょうじょ》たち
-BINDED DESIRE-

2022年 1月18日　初版第1刷 発行

■著　　者　　沸すもも
■イラスト　　野々原幹
■原　　作　　かえるそふと

発行人:久保田裕
発行元:株式会社パラダイム
〒166-0004
東京都杉並区阿佐谷南1-36-4
三幸ビル4A
TEL 03-5306-6921
印刷所：中央精版印刷株式会社

　PP0413